체스 이야기 · 낯선 여인의 편지

세계문학전집
021

Stefan Zweig : Schachnovelle · Brief einer Unbekannten

체스 이야기 · 낯선 여인의 편지

슈테판 츠바이크 소설

김연수 옮김

문학동네

체스 이야기

자정 무렵, 뉴욕에서 부에노스아이레스로 출항 예정인 대형 여객선 위는 출발 직전 흔히 볼 수 있는 일들로 북적대고 있었다. 육지의 손님들은 친구들을 배웅하기 위해 혼잡하게 밀려들었고, 챙 없는 모자를 삐딱하게 눌러쓴 전보 배달꾼들은 큰 소리로 이름을 불러대며 홀을 가로질러 총알처럼 빠르게 움직이고, 트렁크와 꽃들은 질질 끌려 옮겨졌으며, 아이들은 호기심에 가득차 계단을 오르락내리락 뛰어다니고 있었다. 그 와중에 악단은 선상 쇼를 위해 지칠 줄 모르고 연주를 해댔다. 나는 이런 혼잡을 피해 갑판 위에서 한 지인과 이야기를 나누며 서 있었는데, 그때 우리 옆에서 카메라 플래시가 두세 번 날카롭게 터졌다. 보아하니 기자들이 어떤 유명인사가 떠나기 전에 빨리 인터뷰하고 사진을 찍으려는 모양이었다. 친구가 그쪽을 바라보며 미소 지었다. "저들이 저기 갑판에서 그 희한한 인사, 첸토비치를 붙잡아놓고 있군." 내가 무슨 말인지 모르겠다는 표정을 짓자 친구는 설명을 덧붙였다. "세계 체스 챔피언인 미르코 첸토비치 말이야. 미국 동부에서 서부까지 전역을 누비며 순회경기를 마치고, 지금 새로운 승리를 위해 아르헨티나로 떠나는 길이라네."

그 말을 듣고서야 이 젊은 세계 챔피언을 떠올릴 수 있었고, 심지어 로켓 같은 그의 초고속 출세가도와 관련된 몇 가지 소소한 사항들까지 기억해낼 수 있었다. 나보다 신문을 더 꼼꼼하게 읽는 친구는 줄줄이 이어지는 일화를 들어가며 내 기억을 보충해주었다. 첸토비치는 일 년 전쯤 일약 스타가 되어 알레킨, 카파블랑카, 타르타코버, 라스커, 보골류보프처럼 이미 정평이 난 역대 챔피언들과 어깨를 나란히 하게 되었다. 1922년 뉴욕에서 열린 체스 시합에서 일곱 살짜리 신동 르쳅스키가 등장한 이래, 전혀 알려지지 않은 무명인사가 이같이 명성이 자자한 체스인 대열 속으로 치고 들어온 일은 아직 한 번도 없었다. 첸토비치의 지적인 특성으로 보아 그처럼 눈부신 출세를 하리라고 결코 처음부터 예견했을 것 같지는 않다. 이 체스의 거장이 사적인 생활에서는 어떤 언어로도 문법에 맞는 문장 하나 제대로 구사하지 못한다는 비밀은 금방 탄로 났고, 화가 난 동료 중 한 사람이 억울해하며 조롱했듯이, "그가 무식하다는 것은 어떤 영역에서든 한결같이 보편적으로 나타났다." 그는 아주 가난한 남슬라브계 도나우 뱃사공의 아들로 태어났다. 어느 날 밤 작은 거룻배가 곡식을 실은 증기선과 충돌해 뒤집혀서 아버지를 잃은 뒤, 당시 열두 살이었던 그를 어느 외진 곳의 신부가 데려다 키웠다. 선량한 양아버지는 집에 가정교사를 불러, 말수가 적고 둔감하며 이마가 넓은 그 아이가 학교에서 터득하지 못한 것을 보충해주려고 정말 애를 썼다.

그러나 그러한 노력들도 헛되었다. 미르코는 이미 수백 번 설명을 들은 철자를 늘 다시 낯설어하며 뚫어져라 바라보았다. 아무리 학습 대상이 간단해도 어눌하게 작동하는 그의 두뇌는 지속적으로 기억하는 힘이 부족했다. 열네 살이 되어서도 계산을 할 때면 여전히 손가락을 써야 했다. 책이나 신문을 읽는 것은 이미 청소년이 된 시기에도 여전히 아주 힘든 일이었다. 이런 것을 미르코에게 의지가 없어서라든가 반항심 때문이라 할 수는 없었다. 그는 사람들이 시키는 일을 고분고분하게 했다. 물을 길어 오기도 했고, 나무를 쪼개기도 했으며, 들판에서 함께 일하기도 했고, 부엌 청소도 마다하지 않았으며, 너무 천천히 해서 화가 날 정도이기는 해도 요구하는 일들은 모두 책임감 있게 처리했다. 그렇지만 이 괴팍한 소년이 훌륭한 신부를 가장 분통 터지게 한 것은 모든 면에서 전적으로 무관심한 자세였다. 그는 특별히 요구하지 않으면 어떠한 것도 하지 않았다. 질문 하나 던지는 일이 없었고, 다른 애들과 놀지도 않았으며, 분명하게 시키지 않는 한 스스로 뭔가 할 일을 찾지도 않았다. 미르코는 집안일을 끝내고 나면 곧 공허한 시선으로 주위를 응시하며 멍청하게 방에 앉아 있었다. 마치 목초지의 양들이 그러는 것처럼, 자기 주변에서 일어나는 일들에 대해 전혀 관심을 보이지 않으면서 말이다. 신부는 저녁마다 긴 구식 파이프로 담배를 피우면서 헌병대 상사와 늘 체스를 세 판씩 두곤 했는데, 그러는 동안 금발의 이 더벅머리 소년은 그 옆에 말없이 웅크리고 앉아 묵직한 눈꺼풀 아래로 졸리고 무관심해 보이는 시선으로 가로

세로 줄 쳐진 체스보드를 응시하고 있었다.

어느 겨울 저녁, 두 사람이 매일 그렇듯 체스 시합에 푹 빠져 있는데, 마을로 난 길에서 썰매에 달린 종소리가 빠르게, 점점 더 빠르게 울리며 다가오고 있었다. 흰 눈으로 뒤덮인 모자를 쓴 한 농부가 성급하게 저벅저벅 걸어 들어왔다. 그의 노모가 임종을 맞이할 것 같으니어서 신부가 서둘러 가서 그녀에게 제때 종부성사를 해주고 마지막향유를 발라달라는 것이었다. 신부는 지체 없이 그를 따라나섰다. 맥주잔을 아직 비우지 않은 헌병대 상사가 자리를 뜨려 하면서 담배 파이프에 불을 붙였고, 묵직한 군화를 막 신으려던 참이었다. 그때 미르코의 시선이 방금 전, 신부와 두던 체스보드에 꽂힌 채 움직이지 않는것이 그의 눈에 띄었다.

"그래, 네가 체스를 마저 두고 싶어서 그러느냐?" 헌병대 상사가 장난 삼아 물었지만, 그는 졸고 있는 이 사내아이가 체스 말 하나 제대로 옮기지 못할 거라는 확신에 차 있었다. 소년은 수줍게 쳐다보더니고개를 끄덕이고는 신부의 자리에 앉았다. 열네 번 정도 체스 말을 주거니 받거니 하더니 헌병대 상사가 지고 말았다. 뿐만 아니라 절대 한번의 실수로 잘못 놓아서 진 것이 아님을 고백하지 않을 수 없었다. 두번째 시합도 다르지 않았다.

"어떻게 된 거야! 발람의 나귀*로군!" 돌아온 신부는 놀라서 소리

---

* 구약성경 「민수기」 22~24장에 나오는 발람의 일화. 발람이 모아브 왕 발락에게 가는것을 보고 하느님이 진노하여 그의 길을 막으려고 천사를 보내는데, 발람의 나귀가 칼을빼든 천사를 알아보고 그 길로 가지 않자 발람은 나귀를 세 번 때린다. 그러자 갑자기 나귀가 말을 하여 발람이 칼을 든 천사를 보게 된다.

쳤다. 이미 이천 년 전에 이와 유사한 기적이 일어나, 어떤 벙어리가 갑자기 지혜로운 말을 한 적이 있다고 성경을 그다지 잘 알지 못하는 헌병대 상사에게 설명했다. 상당히 늦은 시간이었지만 신부는 거의 문맹이나 다름없는 자신의 제자에게 한판 대결을 청하지 않을 수 없었다. 미르코는 그도 가뿐하게 이겼다. 그는 단 한 번도 넓은 이마를 체스보드에서 떼지 않고 끈질기게, 천천히, 꿈쩍도 하지 않고 체스를 두었다. 그러나 그는 반박의 여지 없이 침착하게 게임을 했다. 그 이후 며칠간 헌병대 상사도, 신부도 시합에서 아이를 이길 수 없었다. 신부는 자신의 후원을 받는 이 아이가 그 밖의 다른 부분에서는 뒤처져 있다는 것을 어느 누구보다 잘 판단할 수 있는 사람으로서, 한 면에서만 두드러진 이 재능이 어느 정도나 더 엄격한 시험을 이겨낼 수 있을지 정말로 궁금해졌다. 그는 미르코를 사람들 앞에 세우기 위해 마을 이발소에서 부스스하고 볏짚처럼 광택 없는 금발을 자르게 한 뒤 썰매에 태워 인근 도시로 데리고 갔다. 그곳 중앙광장에 있는 카페 한 귀퉁이에 늘 열정적으로 체스를 두는 사람들이 있다는 것을 그는 알고 있었고, 경험을 통해 그들이 그 자신도 감당할 수 없는 상대라는 것을 알고 있었다. 신부가 볏짚처럼 광택 없는 금발에 양 볼이 불그스레하며 안으로 양털을 댄 외투를 입고 목이 긴 묵직한 부츠를 신은 열다섯 살짜리 사내아이를 카페 안으로 밀어 넣었을 때 죽치고 앉아 있던 사람들은 털끝만큼의 놀라움도 내비치지 않았다. 카페에서 소년은 어떤 체스 테이블에서 누군가가 그를 부를 때까지 부끄러워 눈을 아래로 내리깔고 낯설어하며 귀퉁이에 서 있었다. 첫번째 시합에서는 미르코가 졌다. 소위 시칠리아식의 오프닝을 이 훌륭한 신부님 집에서는 본 적이 없었기 때문이다. 최고의 명수와 둔 두번째 시합은 무승부로 끝났다. 세번째, 네번째부터는 미르코가 차례로 한 명씩 모두를 이겼다.

남슬라브 지방의 작은 도시에 보기 드물게 흥분할 만한 사건이 일어난 것이다. 이 촌스러운 챔피언의 첫 등장은 그곳에 모인 유지들에게 당장 대단한 화젯거리가 되었다. 이 기적의 소년을 무조건 며칠 더 도시에 머무르게 해야 한다고 만장일치로 결정했다. 그것은 체스 클럽의 다른 회원들을 불러 모으고, 특히 체스 게임의 열광적인 팬인 노백작 짐치크가 있는 성으로 이 소식을 알리기 위해서였다. 신부는 처음 맛보는 자긍심으로 자신의 양자를 바라보았지만, 그런 면모를 발견해낸 기쁨 때문에 의무인 일요예배를 소홀히 하고 싶지는 않았다. 그는 이후의 시합을 위해 미르코를 도시에 남겨두고 떠나겠다는 생각을 밝혔다. 어린 첸토비치는 카페 귀퉁이에서 체스를 두던 사람들이 비용을 대주어 호텔에 투숙했고, 그날 저녁 처음으로 수세식 화장실을 보았다. 이튿날인 일요일 오후, 체스 시합장은 사람들로 가득찼다. 미르코는 네 시간 동안 체스보드 앞에 꼼짝없이 앉아서 말 한마디 하지 않았고, 또 고개 들어 둘러보지도 않은 채 한 사람, 한 사람 차례로 물리쳤다. 마침내 동시대국을 하자는 제안이 나왔다. 이 배우지 못한 아이에게 동시대국이란 혼자서 여러 다른 상대들과 동시에 대적하는 것이라는 개념을 알려주는 데는 꽤 오랜 시간이 걸렸다. 그러나 미르코는 방식을 파악하자마자 재빨리 자신의 임무를 깨닫고는, 삐걱거리는 무거운 부츠를 신고 천천히 테이블에서 테이블로 옮겨가며 체스를 두더니 결국 여덟 판 중 일곱 판을 이겼다.

이제는 논의의 규모가 더욱 커졌다. 이 새로운 챔피언은 엄밀히 말하자면 이 도시 주민이 아니지만 넓게 보자면 같은 지역 출신이라는 이유로 민족적 자긍심에 생생한 불을 지폈다. 사실 지도상에 있다는 것조차 거의 알려지지 않은 이 소도시가 마침내 처음으로 세상에 유명인사를 배출하는 영광을 누릴지도 몰랐다. 주로 샹송 가수나 여가수들을 수비대 카바레에 중개하는 일을 하던 대행업자 콜러는, 일 년간 후원금을 지원해준다면 그가 잘 아는 빈의 뛰어난 대가에게 이 아이가 사사할 수 있도록 해주겠다는 뜻을 밝혔다. 육십 평생 매일 체스를 둬왔지만 그런 기이한 상대는 한 번도 접한 적이 없었던 짐치크 백작은 당장 그 비용을 대겠노라고 약속했고, 이날부터 뱃사공 아들의 놀랄 만한 출세가 시작되었다.

반년 만에 미르코는 체스 기술의 모든 비법을 완전히 정복했다. 그러나 기이하게도 그에게는 한 가지 한계가 있었는데, 이후로 그것이 수차례 전문가들 눈에 띄었고 그 때문에 냉소를 받게 되었다. 그 한계란 첸토비치가 단 한 판의 경기도 암기해서 두지 못한다는, 전문용어로 말하자면 블라인드 체스를 두지 못한다는 것이었다. 그는 무한한 상상의 공간에 체스보드를 그리는 능력이 전혀 없었다. 그는 항상 예순네 칸으로 나누어진 하얗고 까만 사각판과 서른두 개의 체스 말들을 손에 쥘 수 있을 정도로 눈앞에 두고 있어야만 했다. 세계적인 명성을 누릴 때도 그는 접었다 폈다 할 수 있는 포켓용 체스보드를 항상 가지고 다녔다. 대가의 시합을 복기하거나 어떤 문제를 혼자 풀고자 할 때 그 위치를 시각적으로 눈앞에서 옮기며 생각하기 위해서였다. 눈에 띄는 이러한 결함은 바로 상상력의 부족을 의미했기에, 소수의 전문가들 사이에서 아주 격렬한 논쟁을 불러일으켰다. 마치 아주 탁월한 거장이거나 지휘자이긴 하지만 악보가 없으면 연주하거나 지휘할 수 없는 음악가와 마찬가지였다. 그러나 이런 기이한 특성이 미르코의 놀랄 만한 출세에 걸림돌이 되는 일은 결코 없었다. 열일곱 살에 그는 이미 한 다스의 체스상을 수상했고, 열여덟 살에는 헝가리 챔피언전에서 이겼으며, 스무 살에 마침내 세계 챔피언 타이틀을 거머쥐었다. 아주 대담무쌍한 챔피언들, 즉 지적인 재능 면에서나 상상력과 대범함 모두에서 그를 훨씬 능가하는 챔피언들도 그의 끈질기고 차가운 논리에 굴하고 말았다. 마치 나폴레옹이 굼뜬 쿠투조프에게 패한 것이나 한니발이 파비우스 쿤크타토르*에게 패한 것과 비슷했다. 리비우스**에 따르면 쿤크타토르 역시 어린 시절에 이와 같이 눈에 띄는 정신지체와 정신박약의 특성을 보였다고 한다. 그래서 정신세계와는 상관없는 완벽한 아웃사이더가 지적으로 탁월한 아주 다양한 유형들―철학자, 수학자, 계산하고 상상할 줄 아는 창조적 천재들―이 다 모인 체스 챔피언들의 저명한 전당에 처음으로 입성하는 일이 벌어진 것이었다. 닳고 닳은 기자들조차도 기사화할 수 있는 말 한마디 이끌어낼 수 없을 정도로 과묵하고 말수 적은 촌놈이 말이다. 물론 신문사들에 세련된 문장으로 알려주지 못한 것을 그는 때때로 자신에 대한 일화들로 풍부하게 보충해주었다. 첸토비치는 체스보

---

* 로마 장군인 파비우스는 포에니 전쟁에서 카르타고의 한니발을 맞아 정면대결을 피하면서 끈질기게 뒤를 추격하는 지구전술을 펼쳤다. 이를 이해하지 못한 사람들은 그를 '굼뜬 사람(쿤크타토르)'이라는 별명으로 조롱했으나 결국 한니발을 퇴각시키며 영웅으로 대접받았다. 쿠투조프 역시 지연전으로 나폴레옹의 군대를 러시아에서 몰아냈다.
** 고대 로마의 역사가.

드 앞에서는 어느 누구와도 비교할 수 없는 달인이었지만, 그 자리에서 일어나는 순간 이미 구제할 길 없이 그로테스크하고 우스꽝스러운 인물이 되어버렸기 때문이다. 격식을 차려 검정 양복을 입고 튀는 넥타이에 다소 거슬리는 진주 핀을 꽂고 애써 손톱손질도 했건만, 행동거지에서는 여전히 마을의 신부님 방이나 비질하는 촌스러운 시골 청년 티가 그대로 드러났다. 그는 세련되지 못하고 서툴면서도 부끄럼 없이 자신의 재능과 명성을 이용해 좀스럽고 심지어는 상스럽기까지 한 탐욕을 내비치며 돈벌이에 급급하여 동료들의 분노를 사거나 농담거리가 되었다. 그는 이 도시에서 저 도시로 옮겨 다니면서 항상 싸구려 호텔에 머물렀고, 원하는 대전료만 주면 아주 형편없는 연합회에서도 경기를 했다. 그는 비누 광고에도 자신의 이미지를 쓰게 했고, 심지어 그가 세 문장도 제대로 쓸 줄 모른다는 것을 잘 알고 있는 경쟁자들의 냉소에도 아랑곳하지 않고 『체스의 철학』이라는 책에 자신의 이름을 팔아먹었다. 실제로 그 책은 갈리시아의 한 어린 대학생이 사업 수완 좋은 출판사의 위탁을 받아 쓴 것이었다. 끈질긴 천성의 소유자들이 그렇듯, 그는 자신이 우스꽝스러운 존재가 되는 것에 대해 무감각했다. 세계 체스 대회에서 승리한 이후 그는 스스로를 세상에서 가장 중요한 인물이라고 생각했다. 영리하고 지적으로 뛰어난 모든 연설가들과 저술가들을 그들의 고유한 영역에서 물리쳤다는 의식, 그리고 무엇보다도 그들보다 더 많은 돈을 벌고 있다는 명백한 사실로 인해 본래 자신 없어 하던 불확실함이 자긍심으로 변했는데, 그것은 대체로 졸렬하고 쌀쌀맞은 방식으로 나타났다.

"하지만 그리 급작스럽게 명예를 얻었는데 어떻게 그 텅 빈 머리가 혼란스러워하지 않을 수 있을까?" 유치하게 탁월한 첸토비치의 전형적인 몇몇 시합에 대해 나에게 다 털어놓은 후, 친구는 결말짓듯 말했다. "스물한 살 먹은 바나트* 출신 촌놈이 어떻게 허영에 겨워 쓰러지지 않을 수 있냐고? 나무판대기 위에서 체스 말들을 이리저리 밀어서 고향 마을 전체가 일 년 내내 나무하고 뼈 빠지게 일해서 버는 것보다 더 많은 돈을 한 주에 버는데 말이야. 렘브란트, 베토벤, 단테, 나폴레옹 같은 사람들이 살았던 적이 있다는 걸 아예 모른다면, 자기 스스로를 위대한 인간으로 여기는 게 사실 빌어먹게도 정말 쉬운 일이 아닐까? 꽉 막힌 그 머릿속에는 오로지 몇 달 전부터 체스 시합에서 단 한 번도 지지 않았다는 사실만 꽉 차 있는 거지. 게다가 이 땅 위에 체스와 돈 이외의 다른 가치들이 있다는 것을 전혀 모르니, 자기 자신에게 도취된 이유는 충분한 거지."

친구의 이런 이야기는 내 특별한 호기심을 발동시키기에 부족함이 없었다. 어떤 종류든 편집광적으로 단 한 가지 생각에 갇힌 인간들 모두에 대해 나는 평생 호기심을 느껴왔다. 한 사람이 자신의 영역을 제한하면 할수록 다른 한편에서는 무한성에 더더욱 가까이 다가가기 때문이다. 얼핏 보기에 세상을 등진 것 같은 그들은 자기만의 특별한 재료로 흰개미처럼 기이하고 유일무이한 하나의 압축된 세계를 만든다. 나는 리우까지 가는 십이 일간의 여행 중에 지적으로 단선적인 이 별종을 좀더 상세히 살펴보고 싶다는 뜻을 내비쳤다.

그러자 친구는 경고했다. "자네가 그다지 행복할 일은 없을 걸세.

---

* 남동유럽의 도나우강, 타이스강, 마로스강 유역.

18

내가 아는 한 첸토비치에게서 심리학적 소재가 될 만한 것을 아주 조금이라도 얻어내는 데 성공한 사람은 아직 아무도 없다네. 닳고 닳은 이 촌놈은 정말 수수께끼 같다네. 우매하기 짝이 없어 보이지만 그 뒤로 약점을 숨기고 절대 보여주지 않는 아주 영특한 면도 있거든. 그러니까 자신이 머무는 여관에서 동향인들을 찾아 그들과는 대화를 나누어도, 그 외에는 어느 누구와도 대화를 하지 않는 식의 간단한 테크닉을 쓴다는 것이지. 어떤 사람이 교양인이라고 느껴지면 그는 자신의 달팽이집으로 기어들어가버려. 그래서 어느 누구도 그로부터 어떤 멍청한 말을 들었다거나 소위 그 끝을 알 수 없다는 무식함의 깊이를 측정했다고 떠벌릴 수 없는 것이지." 친구의 말이 사실 맞았다. 여행 중 처음 며칠 동안 확인해보니 넉살 좋게 치근대며 밀어붙이지 않고서는―이건 결코 내 성향이 아니므로―첸토비치에게 다가가는 일이 절대 불가능했다. 때때로 그는 갑판 위에서 산책을 하기는 했지만, 항상 양손을 등 뒤로 해서 뒷짐을 지고 자긍심에 차서 자기 내면으로 침잠하는 자세로 걸었다. 마치 유명한 그림에 그려진 나폴레옹처럼. 게다가 그는 갑판 위를 한 바퀴 도는 이 산책을 항상 너무나 빨리, 돌격하듯 끝내버렸기 때문에 그에게 말을 걸기 위해서는 빠른 걸음으로 뒤따라가야 할 정도였다. 그리고 그는 사교실이나 바, 흡연실에는 결코 모습을 드러내지 않았다. 여객선의 승무원이 나에게 몰래 알려주기를, 그는 큰 체스보드 앞에서 시합을 연습하거나 복기하느라 하루의 대부분을 선실에서 보낸다는 것이었다.

사흘이 지나자 나는 정말로 화가 나기 시작했다. 그의 교활한 방어 기술이 그에게 다가가려는 나의 의지보다 더 노련했기 때문이다. 나는 지금껏 살아오면서 체스 챔피언과 개인적인 친분을 가져본 적이 없었다. 내가 그러한 유형을 구체적으로 파악하려 애를 쓰면 쓸수록, 한평생 예순네 칸의 흑백 영역들로 된 공간 주위만을 맴도는 한 인간의 두뇌활동을 더더욱 상상할 수 없을 것만 같았다. 인간이 고안해낸 모든 게임들 가운데 유일한 이 '왕가의 게임'이 지닌 신비한 매력을 나는 경험을 통해 익히 알고 있었다. 이 게임은 절대적으로 우연의 독재에서 벗어나 있고 그 승리의 영광은 오직 정신에, 아니 어떤 특정한 형태의 정신적 재능에 있었다. 하지만 체스를 하나의 게임이라고 한다면, 그것으로 이미 체스를 모욕적으로 제한하는 우를 범하는 것이 아닐까? 체스는 하늘과 땅 사이 무함마드의 관처럼 이 범주들 사이를 부유하는 학문이요 예술이며, 대립하는 모든 것들을 유일하게 연결해주는 것이 아니던가? 즉 태곳적인 것이면서도 영원히 새로운 것이요, 그 구도가 메커니즘적이면서도 판타지를 통해서만 작동하며, 기하학적으로 일정 공간에 제한되어 있으면서도 그 조합에서는 무제한적이고 항상 자기 발전적이나 번식력이 없다. 무無로 이끄는 생각, 무에 이르는 수학, 작품 없는 예술, 실체 없는 건축, 그럼에도 명백하게 그 존재 자체가 어떤 책이나 작품보다 영속적이며, 모든 민족과 모든 시대에 속하는 유일한 게임이면서도, 지루함을 죽이고 감각들을 예리하게 하며 영혼에 긴장감을 주기 위해 신이 이 땅에 가져온 게임이라는 것을 아무도 모른다. 이 게임에서 어디가 시작이고 어디가 끝인가? 어떤 아이들이라도 기본 규칙을 배울 수 있고, 체스에 서투른 사람이라도 누구나 자신을 게임에서 시험해볼 수 있다. 그렇지만 이 게임은 불변하는 좁은 사각형 안에서 특별한 종류의 대가, 즉 다른 사람들과 비교할 수 없는, 체스에만 적합한 재능을 지닌 특별한 천재를 만들어낼 수도 있다. 그런 천재들에게서는 환상, 인내 그리고 기술이 수학자나 시인, 음악가 들에게서와 마찬가지로 정확하게 배분되어 작동하나, 다만 그것이 다른 층위에서 다르게 연결되어 있을 뿐이다. 과거 골상학이 유행했던 시기라면 갈* 같은 학자가 아마도 체스 챔피언의 뇌를 해부해보았을 것이다. 그러한 체스 천재의 경우 뇌의 회색 넝어리에 특별한 굴곡이 있는지, 일종의 체스근육이나 체스돌기가 다른 뇌에서보다 더 집중적으로 나타나고 있는지를 확인하기 위해서 말이다. 첸토비치의 경우가 골상학자에게는 얼마나 큰 호기심의 대상이겠는가. 마치 백 파운드의 둔탁한 폐석에 한 줄기 금광맥이 들어 있는 것처럼, 이런 특별한 천재성이 절대적으로 아둔한 그의 지적인 상태 어디에 섞여들어가 있는 것인지! 이런 유일무이한 독창적인 게임은 본질적으로 특별한 걸물을 만들어낼 수밖에 없다는 것을 난 오래전부터 알고 있었다. 그러나 이 세계를 오로지 검정과 흰색 사이의 좁은 일방통행으로 축소시키고, 서른두 개의 체스 말을 단순히 앞뒤로 이리저리 움직이는 데서 삶의 성취감을 찾는 사람을, 정신적으로 민활한 사람의 삶을 상상하는 것은 사실 얼마나 어렵고 불가능한 일인가. 그리고 게임을 시작할 때 폰보다는 나이트를 선호하는 과감한 행마나 그 초라한 모퉁이가 체스 교본 한쪽 구석에서는 불멸을 의미하는 사람을 상상하는 것, 다시 말해 미치지 않고는 십 년, 이십 년, 삼십 년, 사십 년 동안 계속해서 나무로 된 킹을 나무판 한구석으로 우스꽝스럽

---

* 독일 해부학자. 두골 형상 연구로 인간의 정신상태를 알 수 있다는 골상학을 발표했다.

게 점점 몰아가는 데 온 정신을 쏟는 한 사람을 상상하는 것이 얼마나 어렵고 불가능한 일인가!

그런데 이제 그러한 상황, 그러니까 특별한 천재 아니면 수수께끼 같은 바보인 그가 공간적으로 나와 아주 가까이, 같은 배의 선실 여섯 칸 건너에 머물게 된 일도 처음이었지만, 정신적인 면에서의 호기심이 일종의 집착으로 점점 변해가고 있는 불운한 나는 그에게 다가갈 길이 없었다. 난 아주 허무맹랑한 꾀를 생각해내기 시작했다. 소위 유력매체의 기사를 위해 인터뷰를 하겠다며 그를 속이는 방법으로 그의 허영심을 자극하거나, 아니면 스코틀랜드에서 돈벌이가 될 만한 시합을 알선하겠다며 그의 탐욕에 호소하는 방법 등을 생각했다. 그러나 사냥꾼이 뇌조 수컷을 유인하는 가장 확실한 사냥기술은 발정기의 울음소리를 흉내 내는 것이라는 사실을 마침내 기억해냈다. 체스 챔피언의 관심을 끌기 위해 내가 직접 체스를 두는 방법보다 더 효과적인 것이 뭐가 있겠는가?

하지만 난 평생 진정한 의미에서 체스 선수였던 적이 한 번도 없었다. 그건 내가 항상, 오로지 즐기기 위해서만 체스를 두었다는 의미이다. 내가 한 시간 동안 체스보드 앞에 앉아 있다면, 그건 긴장을 하기 위해서가 아니라 정반대로 정신적인 긴장을 풀기 위해서이다. 난 말 그대로 체스 '게임'을 한다. 반면에 다른 사람들, 정말로 체스를 두는 사람들은 요즘 독일어에 새롭게 나타난 독특한 표현에 따르자면 체스를 '진지하게 둔다'. 체스를 할 때는 사랑을 할 때와 마찬가지로 파트너가 꼭 필요하다. 그때 난 우리 말고도 다른 체스 애호가들이 배에 탔다는 걸 아직 모르고 있었다. 그래서 그들을 굴속에서 밖으로 유인해내기 위해 흡연실에 유치한 덫을 놓았다. 나보다 체스를 훨씬 못 두는 아내와 함께 새 사냥꾼처럼 체스보드 앞에 앉았던 것이다. 실제로 우리가 채 여섯 수도 두기 전에 벌써 누군가 지나가다가 멈추어 섰고, 두번째로 다가온 사람은 지켜보는 것을 허락해달라고 청했다. 결국 바라던 대로 한판 두자는 상대가 나타났다. 그의 이름은 매코너로 스코틀랜드 출신의 지층 개발 기술자였다. 내가 듣기로 그는 캘리포니아에서 유전을 개발해 막대한 재산을 모았다고 했다. 외모를 보면 거의 사각에 가까운 단단한 턱에 튼튼한 치아를 가졌고 권태로운 기미가 얼굴에 서려 있었다. 홍조를 띤 얼굴은 아마도, 적어도 부분적으로는 위스키를 많이 마신 탓이었을 것이다. 눈에 띌 정도로 넓고 떡 벌어진 근육질의 어깨가 유감스럽게 체스 게임 중에도 특히 눈길을 끌었다. 매코너는 자기의 성공에 도취한 인물 유형에 속하는 사람으로, 하등 중요치 않은 게임에서도 실패하면 자부심이 손상된다고 느낄 정도였다. 살면서 주위를 배려하지 않고 자기 자신을 관철시키는 데 익숙하며, 현실에서 악착같이 자수성가해 오만해진 이 남자는 조금의 흔들림도 없이 자신이 탁월하다는 생각에 사로잡혀 있었다. 그래서 모든 저항은 무례한 거역이요 모욕과 같은 것으로서 그를 격분시킬 정도였다. 첫판에서 졌을 때 그는 투덜거리며, 이건 그저 순간의 부주의 때문이라고 지나치다 싶을 만큼 독선적으로 설명하기 시작했다. 세번째 판에서 그는 자신의 패배를 옆방의 소음 탓으로 돌렸다. 그는 결코 한 판도 그냥 지지 않고 즉시 복수전을 신청했다. 처음에 나는 공명심에 사로잡혀 불편한 속내를 드러내는 그의 심리를 재미있어했지만, 결국엔 세계 챔피언을 우리 테이블로 유인하려는 본래 의도를 위해서는 불가피한 부수현상으로만이 아니라 그 이상으로 그러한 심리를 참아내야 했다.

셋째 날엔 성공했지만, 그건 절반 정도의 성공이었다. 첸토비치가 갑판 위에서 산책하다 선실 창문을 통해 체스보드 앞에 모여 있는 우리를 보았던 것인지 아니면 단지 우연히 흡연실에 들렀던 것인지 모르지만, 아무튼 우리같이 자격 없는 사람들이 자신의 특기를 행하는 것을 보자 무의식적으로 한 걸음 다가와 일정한 거리를 두고 검토하는 듯한 시선을 체스보드 위로 던졌다. 이제 매코너가 둘 차례였다. 그리고 이미 그 한 수의 움직임만으로도 우리 같은 아마추어들의 노력이 챔피언인 그의 관심을 끌 만한 가치가 별로 없다는 것을 알려주기에 충분했다. 우리가 서점에서 넘겨받은 삼류 추리소설을 책장도 넘겨보지 않고 밀쳐낼 때와 같은 제스처를 보인 뒤 첸토비치는 우리 테이블을 떠나 흡연실을 나갔다. '호의를 보이긴 했지만 판단을 너무 쉽게 내리는군'이라고 나는 생각했다. 그의 냉정하고 경멸적인 시선 때문에 약간 화가 나기도 했다. 이런 불쾌한 마음을 어떻게든 터뜨리기 위해서 매코너에게 말했다.

"당신이 지금 한 수 둔 것이 저 챔피언을 그다지 감동시키지는 못한 모양이군요."

"무슨 챔피언요?"

나는 그에게 방금 우리 곁을 지나가면서 동의하지 않는 듯한 시선으로 우리의 게임을 들여다본 신사양반이 바로 체스 챔피언 첸토비치라고 설명했다. 그리고 우리 둘 다 그의 고귀한 경멸을 이겨내야 하며, 마음에 상처받지 않고 참아내야 할 것이라고 덧붙였다. 가난한 사람들은 물로 요리를 해야만 한다고 말이다. 그러나 놀랍게도 대충 내 뱉은 내 말이 매코너에게 완전히 예상 밖의 영향을 미쳤다. 그는 곧 격분하여 우리의 시합조차 잊어버렸으며 공명심이 옆에서도 들릴 정도로 요동치기 시작했다. 그는 첸토비치가 이 배에 타고 있다는 것을 전혀 상상도 하지 못했다며, 자기는 무조건 그와 시합을 해야만 한다고 말했다. 그는 지금까지 살면서 마흔 명과 동시대국을 했을 때를 제외하고는 세계 챔피언과 경기를 한 적이 한 번도 없다고 했다. 그때 그 대국은 정말 엄청나게 흥미진진했으며, 자기가 거의 이길 뻔했었다고 했다. 그는 내게 여기 있는 세계 챔피언을 개인적으로 아는지 물었다. 난 모른다고 했다. 혹시 그에게 말을 걸고 싶은 건 아닌지, 우리 쪽으로 부르고 싶지는 않은지도 물었다. 내가 알기로 첸토비치는 새로 안면을 트기엔 너무나 어려운 사람이라는 이유를 들어 그의 질문들에 아니라고 답했다. 게다가 우리 같은 삼류 선수들과 체스를 두는 것이 세계 챔피언에게 무슨 자극이 되겠냐고 말했다.

사실, 삼류 선수라는 식의 표현을 매코너같이 공명심 강한 사람에게는 하지 말았어야 했다. 그는 언짢아서 몸을 뒤로 젖히며 무뚝뚝하게 말했다. 그는 첸토비치가 신사의 정중한 청을 거절할 거라고 생각하지 않으며, 자신이 그 일을 주선하겠다고 했다. 그의 요청에 따라 나는 세계 챔피언에 관해 대략 이야기해주었다. 그러자 그는 우리의 체스보드는 아랑곳하지 않고 조바심을 자제하지 못한 채 갑판 위에서 산책하는 첸토비치를 부리나케 뒤쫓아갔다. 그같이 넓은 어깨의 소유자가 일단 어떤 일에 뜻을 두게 되면 막을 수 없다는 것을 나는 다시 한번 실감했다.

나는 상당히 긴장하며 기다렸다. 십 분 뒤에 매코너가 돌아왔다. 내가 보기엔 그다지 개운하지 않은 표정이었다.

"어떻게 되었나요?" 내가 물었다.

"당신 말이 맞아요." 그는 약간 화를 내며 대답했다. "아주 편안한 양반은 아니더군요. 나를 소개했지요. 내가 누구인지를 설명했는데 그는 악수도 청하지 않더군요. 당신이 우리를 상대로 동시대국을 한다면 이 배에 타고 있는 우리 모두가 얼마나 자랑스럽고 영광이겠느냐고 설명하느라 애를 썼지요. 그런데 빌어먹게도 수락하지 않습디다. 그도 괴로웠을 거예요. 자신의 매니저들과 계약한 의무사항이 있는데, 순회경기를 하는 동안에는 돈을 받지 않고는 절대 시합하지 말라고 분명하게 말했다는군요. 그가 받는 금액은 시합당 최소 이백오십 달러라네요."

나는 웃었다. "저는 흑백의 체스 말을 미는 것으로 그 같은 돈벌이가 될 수 있다고는 전혀 생각하지 못했네요. 당신 역시 정중하게 입장을 밝혔기를 바랍니다."

그러나 매코너는 정말로 진지했다. "시합을 내일 오후 세시로 잡았습니다. 여기 흡연실에서요. 우리가 허망하게 죽을 쑤지는 않기를 바랄 뿐입니다."

"어떻게요? 당신이 이백오십 달러를 주겠다고 하셨나요?" 나는 당혹스러운 나머지 소리를 질렀다.

"왜 아니겠습니까? 세 송 메티에.* 만일 내가 치통이 있는데 우연히

---

* '그게 그의 특기지요'라는 뜻의 프랑스어.

이 배에 치과의사가 탔다면, 난 그에게 이를 공짜로 뽑아달라고 우기지 않을 거요. 그 남자가 두둑한 포상을 원하는 것도 당연한 일이지요. 뭐든지 전문 영역에서 실제로 능력 있는 자들이 역시 최고의 사업가들이죠. 나로서는 사업이 명확하면 할수록 더 좋습니다. 첸토비치 씨의 호의를 입증하고 마지막엔 그에게 감사하기보다 차라리 현금을 지불하겠소. 우리 클럽에서도 하룻저녁에 이백오십 달러 이상을 잃어본 적이 있죠. 그땐 세계 챔피언과 경기를 했던 것도 아닌데 말입니다. 첸토비치와 같은 이들에게 한방 먹는 것이 '삼류' 선수들에겐 수치가 아닙니다."

내가 '삼류 선수'라는 별다른 악의 없는 표현으로 매코너의 자신감에 얼마나 깊은 상처를 입혔는지 바라보는 것도 재미있었다. 그러나 그가 비싼 대가를 지불하기로 마음을 먹었기 때문에 난 그의 지나친 공명심에 어떠한 이의도 제기할 수 없었다. 결국 그의 공명심 덕분에 내가 진귀한 친분관계를 맺게 되었으니까. 우리는 황급히 지금까지 체스 선수로 자처했던 네댓 명의 신사들에게 지금 벌어지고 있는 일에 대해 알려주었고, 가능한 한 지나다니는 승객들에게 방해를 받지 않도록 우리 테이블뿐만 아니라 옆 테이블도 시합용으로 예약해놓았다.

다음날 우리의 소그룹은 약속한 시간에 전원 나타났다. 챔피언과 마주하는 가운데 자리는 물론 매코너에게 배당되었다. 그는 독한 담배를 연달아 피워대고 계속해서 불안하게 시계를 바라보면서 신경과민을 드러냈다. 그러나 세계 챔피언은—난 친구의 이야기를 들었던 터라 이미 예상한 바인데—족히 십 분은 자신을 기다리게 했다. 당연히 그렇게 함으로써 자신의 등장에 무게를 더하려는 것이다. 그는 침착하고 태연하게 테이블 쪽으로 다가왔다. 자신을 소개하지도 않고—'너희들 내가 누군지 알지, 난 너희들이 누군지 관심 없어'라는 식으로 불손하게 말하는 것만 같았다—전문가다운 무미건조한 태도로 사무적인 절차에 따라 시작했다. 그는 여기 이 배에서 조달할 수 있는 체스보드가 부족하여 동시대국은 불가능하다는 이유를 대면서, 우리 모두가 함께 그에 대항하여 체스를 두는 방식을 제안했다. 그는 체스를 한 수 두고 나면 매번 우리가 방해받지 않고 논의할 수 있도록 이 방 끝에 있는 다른 테이블로 갈 거라고 했다. 그의 행마에 응대하여 한 수 두고 나면, 우리는 숟가락으로 유리를 톡톡 두드려야 했다. 유감스럽게도 테이블용 벨이 우리 수중에 없었기 때문이다. 우리가 다른 의견이 없다면 한 수 두고 나서 생각하는 시간을 최대 십 분으로 제안한다고 했다. 우리는 부끄럼 타는 학생들처럼 당연히 그의 모든 제안에 동의했다. 체스 말의 색깔을 선택할 때 첸토비치에게 검정색이 배당되었다. 그는 여전히 선 채로 첫수를 두고 나서 곧 그가 제안했던 대기장소로 갔다. 그곳에서 그는 편하게 기대어 앉아 잡지를 대충 넘기며 보았다.

시합에 대해 보고하는 것은 그다지 의미가 없다. 시합은 당연히 예상했던 대로 끝났다. 그것도 스물네번째 수에서 우리가 완패했다. 세계 체스 챔피언이 중간 수준도 될 듯 말 듯한 상대들 여섯 명을 왼손으로 간단히 쓸어버렸다는 것 그 자체는 별로 놀라운 일이 아니었다. 사실 우리 모두를 불쾌하게 만든 것은 바로 그의 불손한 태도였다. 그런 태도를 보임으로써 첸토비치는 우리를 왼손으로 처리해버렸다는 사실을 너무나 명백하게 느끼게 했다. 그는 매번 건성으로 체스보드를 힐긋거렸을 뿐이고, 마치 우리가 나무로 된 죽은 체스 말이기라도 한 듯 건성으로 쳐다보았다. 이런 건방진 태도는 옴에 걸린 개에게 자기도 모르게 시선을 돌리며 빵 부스러기나 던져주는 것 같은 모습을 떠올리게 했다. 그가 좀더 섬세하고 민감했다면 우리에게 무엇이 실수였는지 지적해줄 수도 있었을 테고, 아니면 친절한 말로 우리를 격려할 수도 있었을 것이다. 그러나 시합이 끝난 후 이 비인간적인 체스 기계는 한 마디 말도 하지 않았고, "메이트"*라고 말한 뒤 테이블 앞에 꼼짝 않고 앉아서 우리가 두번째 시합을 원하는지 그 반응을 기다렸다. 난 이미 일어서 있었다. 사람들이 늘 그의 철면피 같은 무례함에 반대하듯이, 나도 그를 알게 되어 만끽하는 즐거움을 지금 끝난 달러를 건 이 시합과 더불어 그만두겠다는 것을 무력하게나마 몸짓으로 암시하기 위해서였다. 그때 내 옆에 있던 매코너가 완전히 잠긴 목소리로 "복수전 합시다"라고 말해 나를 화나게 만들었다.

게다가 그의 도발적인 어조에도 나는 깜짝 놀랐다. 사실 그 순간 매코너는 정중한 신사가 아닌, 때려눕힐 상대 앞에 선 권투선수 같은 인상을 풍겼다. 그것은 첸토비치가 우리에게 보여준 불쾌한 행동 때문이었거나, 아니면 매코너 자신의 병적인 공명심 때문이었을 것이다. 아무튼 매코너는 태도가 완전히 돌변했다. 얼굴이 온통 벌게지고, 내적인 압박에 심하게 코를 벌름거리면서 눈에 띄게 땀을 흘리고 있었다. 언짢아 꽉 다문 입술로 인해 싸우듯 앞으로 나온 그의 턱 주변에

---

* 체크메이트의 준말. 상대의 킹을 잡고자 위협하는데 상대가 어떤 수로도 방어할 수 없을 때, 상대가 거의 졌음을 알릴 때 체크메이트를 외침.

날카롭게 주름이 잡혔다. 나는 그의 눈에서 제어되지 않는 열정이 불안하게 이글거리는 것을 보았다. 마치 도박장의 룰렛게임 테이블 앞에서 예닐곱 번 계속 두 배씩 투자해도 제대로 색깔을 맞히지 못할 때 사람들을 사로잡는 그런 흥분상태 같았다. 광적이다 싶을 정도로 공명심 넘치는 그는 전 재산을 날리더라도 적어도 한 번은 이길 때까지 첸토비치에 대항해서 오랫동안 시합을 하고 또 하리라는 것을 난 이 순간에 알아차렸다. 첸토비치가 끝까지 버틴다면 그는 매코너에게서 일종의 금광, 즉 부에노스아이레스까지 가는 동안 수천 달러를 캐낼 수 있는 일종의 금광을 발견하는 셈이었다.

첸토비치는 꿈쩍도 하지 않다가 "하시죠"라고 정중히 답했다. "신사양반들이 이제 검정색 말을 잡으십시오." 호기심 때문에 모인 사람들의 규모가 더욱더 커지고 더욱더 활기를 띤 것을 제외하면 두번째 판도 첫판과 다르지 않았다. 매코너는 체스보드를 뚫어져라 바라보았다. 그는 이기겠다는 일념으로 마치 체스 말에 최면을 걸려는 듯했다. 나는 그가 매정한 적수를 향해 흔쾌히 "메이트"라고 소리치기 위해서 족히 수천 달러는 광적으로 지불했으리라는 것을 그에게서 느꼈다. 기이하게도 그의 무엇인가 언짢은 흥분상태가 무의식적으로 우리에게 전염되었다. 한 수 둘 때마다 이전과는 달리 더욱 열정적인 토의가 이루어졌고, 첸토비치를 테이블로 다시 불러오는 신호를 보내자고 합의하기 전 마지막 순간까지 우리는 거듭 검토하며 이런저런 의견들을 만류했다. 우리가 서서히 열일곱번째 말을 옮길 때였는데, 그때 우리도 놀랄 정도로 예상치 않게 우리에게 유리해 보이는 판이 벌어졌다. 우리가 c라인의 폰을 마지막 바로 앞 칸인 c2까지 옮기는 데 성공했기 때문이다. 우리는 새로운 퀸 하나를 먹기 위해 폰을 c1 쪽으로 밀기만 하면 되었다. 너무나 명백한 기회임에도 우리는 당연히 마음이 아주 편치만은 않았다. 우리 모두 한결같이 의심했다. 얼핏 보기에 우리가 얻어낸 이 유리한 상황은 어쩌면 훨씬 더 넓은 시야로 판세를 내려다보는 첸토비치가 의도적으로 던진 낚싯밥임이 틀림없을 거라고 말이다. 그러나 아무리 애를 써서 함께 찾고 토의해도 우리는 숨겨진 견제공격을 알아낼 수 없었다. 결국 허용된 숙고의 시간이 거의 끝나가는 순간에 우리는 그 수를 감행하기로 결심했다. 이미 매코너가 폰을 마지막 칸으로 밀기 위해 손을 대고 있었다. 그때 그는 갑자기 누군가가 자신의 팔을 움켜쥐는 것을 느꼈다. 그 누군가가 나지막하면서도 격하게 속삭였다. "맙소사, 하지 마시오!"

무의식적으로 우리는 하나같이 뒤를 돌아보았다. 마흔다섯 살쯤 되어 보이는 신사가 모든 주의력을 그 문제에 쏟고 있는 마지막 순간에 우리에게 다가왔음이 틀림없었다. 그의 가늘고 예리한 얼굴은 기이하게도 석회처럼 창백해서 이미 이전에 갑판을 산책할 때 내 눈에 띈 적이 있었다. 그는 우리의 시선을 느끼면서 성급하게 덧붙여 말했다.

"지금 당신이 퀸을 만들려고 하면 그가 당장 퀸을 c1의 비숍으로 칠 겁니다. 당신의 나이트를 후퇴시키세요. 그렇지만 그 사이에 그가 자유로운 폰을 d7로 옮기고 당신의 룩을 위협하겠지요. 설사 나이트로 체크를 외친다고 해도 당신은 지게 됩니다. 아홉 수나 열 수 정도 두고 나면 완전히 끝장나지요. 이건 1922년 피에스타니*에서 열린 체

---
* 슬로바키아의 도시.

스대회에서 알레킨이 보골류보프에게 도전할 때 했던 것과 동일한 형국이에요."

매코너는 깜짝 놀라 체스 말에서 손을 떼고 우리 못지않게 의아해하며 그 남자를 응시했다. 그 남자는 생각지도 못한 천사처럼 우리를 도와주러 하늘에서 내려온 것이다. 아홉 수를 두고 난 뒤의 메이트를 미리 계산할 수 있는 자라면 최고 수준의 전문가임이 틀림없었다. 어쩌면 같은 대회에 참석하기 위해 여행 중인 챔피언 타이틀 경쟁자일지도 몰랐다. 그의 갑작스러운 등장과 개입, 그것도 이 위기의 순간에 개입한 데는 뭔가 초자연적이라 부를 만한 신비한 면이 있었다. 매코너가 먼저 말을 걸었다.

"당신이라면 어떻게 하겠습니까?" 그는 흥분해서 속삭였다. "당장 앞으로 가지 말고 우선 피하세요! 무엇보다도 g8에서 h7로 이어지는 위험한 라인에서 킹을 피신시키세요. 그러면 아마도 그는 다른 쪽으로 공격할 겁니다. 그러면 당신은 c8에서 c4로 룩을 옮겨 막아내는 겁니다. 이렇게 하려면 그는 두 수를 두고 폰을 하나 희생하고, 그러면서 우세를 점하게 되지요. 그러면 자유로운 폰끼리 서로 마주하고 서 있게 됩니다. 제대로 방어만 잘한다면 당신은 무승부로 끝낼 수 있습니다. 그 이상은 여기서 건질 수 없습니다."

우리는 또다시 경탄했다. 그의 계산은 신속성 못지않게 정확성까지 갖춰 우리를 어리둥절하게 할 정도였다. 마치 인쇄된 책을 보며 훈수를 읽어내는 것 같았다. 아무튼 그의 개입으로 세계 챔피언과 벌인 우리의 시합이 무승부로 끝날 수도 있다는 예상치 못한 기회가 신비롭기까지 했다. 우리는 하나같이 옆으로 물러났다. 체스보드를 더 잘 볼 수 있게 그의 시야를 막지 않기 위해서였다. 다시 한번 매코너가 물었다.

"그러니까 킹을 g8에서 h7로?"

"그렇죠. 우선 피해야 합니다!"

매코너는 고분고분 따랐고, 우리는 유리잔을 톡톡 두들겼다. 첸토비치는 습관이 된 태연한 걸음걸이로 테이블에 다가와 한눈에 대응수를 계산했다. 그러고 나서 킹의 진영에 있는 폰을 h2에서 h4로 밀었다. 낯모르는 우리의 도우미가 예견한 그대로였다. 그러자 그 사람은 당장 흥분해서 속삭였다.

"룩을 앞으로, 룩을 전진시키세요, c8에서 c4로. 그러면 그는 우선 폰을 막을 수 있겠지요. 하지만 그래봤자 아무 도움이 되지 않을 겁니다. 당신은 그의 폰을 신경 쓰지 말고 나이트를 d3에서 e5로 옮기면서 치세요. 그러면 다시 균형이 생깁니다. 방어하지 말고 전력으로 전진하세요!"

우리는 그가 무슨 말을 하는지 도통 이해하지 못했다. 그의 말이 우리에겐 중국어 같았다. 그러나 이미 그의 마력에 빠진 매코너는 생각하지 않고 그가 지시하는 대로 움직였다. 우리는 다시 첸토비치를 불러오기 위해 유리잔을 톡톡 쳤다. 처음으로 그는 즉각 결정을 내리지 않고 호기심 가득한 눈으로 체스보드를 내려다보았다. 그는 정확하게 그 낯선 이가 우리에게 예고한 그대로 체스 말을 움직이고는 자기 자리로 가려고 돌아섰다. 그러나 그가 돌아가기 전에 뭔가 새로운 것, 뭔가 예상치 못했던 일이 벌어졌다. 첸토비치가 시선을 올려서 우리의 대열을 꼼꼼히 살폈다. 분명히 누가 그에게 그렇게 힘찬 반격을 가하는지 찾아내려는 것 같았다.

이 순간부터 우리의 흥분은 이루 말할 수 없을 정도로 증폭되었다. 사실 그때까지 우리는 이길 수 있다는 희망 없이 그냥 체스를 두었다. 그러나 이제는 첸토비치의 쌀쌀맞은 거만함을 무너뜨리겠다는 생각에 날아오르는 듯 열을 내며 맥박이 요동쳤다. 우리의 새 친구는 벌써 다음 수를 지시했다. 그리고 우리는—유리잔을 숟가락으로 칠 때 내 손가락이 떨렸다—첸토비치를 다시 불렀다. 이제 우리의 첫 승리가 다가오고 있었다. 지금까지는 늘 서서 게임을 했던 첸토비치가 망설이고 또 망설였으며, 결국엔 자리를 잡고 앉았다. 그는 서서히 그리고 힘들게 내려앉았다. 그것은 지금까지 그와 우리 사이에 형성되었던 상하관계를 적어도 육체적으로는 허물어주었다. 그에게 최소한 공간적으로 우리와 같은 차원에서 움직이도록 요구할 수 있었던 것이다. 그는 꼼짝하지 않고 시선을 보드에 내리꽂은 채 깊은 생각에 잠겼다. 그래서 검은 눈썹 아래의 동공을 더이상 관찰할 수 없었다. 아주 골똘히 생각하면서 그가 차츰 입을 열었다. 그런데 그의 둥근 얼굴에 뭔가 우둔한 표정이 드리워졌다. 첸토비치는 몇 분간 더 숙고했고, 그러고 나서 한 수를 두고는 일어섰다. 그러자 우리의 친구가 벌써 속삭였다. "오래 질질 끌며 둔 수! 잘 생각했군! 하지만 대응하지 마세요! 맞바꾸기를 강요하세요. 반드시 맞바꾸어야 해요. 그러면 우리가 무승부로 끝낼 수 있어요. 어떤 신도 그를 도울 수 없습니다."

매코너는 그대로 따랐다. 그 다음에 그 둘이 주고받은 체스 말은—나머지 우리는 이미 오래전부터 멍한 엑스트라로 전락해 있었다—우리가 전혀 이해할 수 없는 밀고 당김이었다. 일곱 번 정도 말을 움직인 첸토비치는 더 오래 생각을 한 뒤 고개 들어 우리를 쳐다보며 선언했다. "무승부."

잠시 완벽한 정적이 지배했다. 갑자기 찰랑거리는 파도 소리, 살롱에서 들려오는 라디오의 재즈 소리, 갑판 위에서 산책하는 발소리, 창문 틈새로 들어오는 나지막하고 부드러운 바람 소리가 들렸다. 우리는 모두 숨죽이고 있었다. 미지의 이 남자가 거의 절반은 진 거나 다름없는 세계 챔피언과의 시합에서 자신의 의지를 관철시킨 것은 너무나 갑작스러운 일이었다. 우리 모두는 있을 수 없는 이 일에 대해 놀라워했다. 매코너는 휙 몸을 뒤로 젖혀 기대었다. 멈추고 있던 숨이 입술에서 '아' 하고 행복한 소리로 터져나와 그의 귀에 들릴 정도였다. 난 다시 첸토비치를 살펴보았다. 그의 얼굴은 마지막 몇 수를 둘 때부터 점점 더 창백해지는 것 같았다. 그러나 그는 당연히 잘 참아냈다. 얼핏 무덤덤한 듯 보이지만 꼼짝도 하지 않고 고집스럽게 응시했다. 그리고 침착한 동작으로 체스 말들을 보드에서 밀면서 느긋하게 지나가는 말처럼 물었다.

"세번째 시합을 하고 싶으십니까?"

그는 순전히 사무적으로, 순전히 사업적으로 질문을 던졌다. 그렇지만 기이했던 것은, 매코너를 바라보는 것이 아니라 우리의 구원자를 예리한 시선으로 똑바로 쳐다보는 것이었다. 마치 말이 확고하게 앉는 자세에서 새롭고 더 나은 기수가 올라탔음을 느끼듯이, 그는 마지막 몇 번의 수에서 자신의 실제 적수, 본래의 적수를 알아보았음이 틀림없었다. 부지중에 우리는 그의 시선을 따라갔고 흥미롭게 그 이

방인을 바라보았다. 그러나 그 사람이 생각해보거나 대답을 하기도 전에 흥분한 매코너가 공명심에 차 벌써 승리라도 한 듯 그에게 외쳤다.

"물론이죠! 하지만 이번엔 당신 혼자서 그를 상대해야 합니다. 당신 혼자서 첸토비치를요!" 그러자 예상하지 못한 일이 벌어졌다. 기이하게도 그 이방인은 이미 다 치워진 체스보드를 여전히 긴장한 채로 응시하고 있었다. 그러다 모두의 시선이 자기를 향하고 있고 몹시 감동해서 말을 걸었음을 알고는 깜짝 놀라 일어났다. 어리둥절해하는 모습이 역력했다.

"어떤 경우에도 하지 않겠습니다, 여러분." 그는 당황해하며 말을 더듬거렸다. "그건 절대 있을 수 없는 일입니다…… 전혀 생각도 하지 않습니다…… 이십 년, 아니 이십오 년 전부터 체스보드 앞에 앉아본 적이 없어요…… 제가 여러분의 허락도 없이 체스 시합에 개입해서 얼마나 무례한 행동을 했는지 이제야 알겠습니다…… 제발 주제넘은 행동을 용서해주십시오…… 전 더는 방해하고 싶지 않습니다." 우리가 깜짝 놀라 정신을 차리기도 전에 그는 벌써 물러나 그 방을 떠났다.

"하지만 그건 있을 수 없는 일이오!" 다혈질의 매코너는 주먹으로 치면서 으르렁거렸다. "이십오 년간이나 체스를 두지 않았다니 정말 있을 수 없는 일입니다! 그는 매번, 상대방의 수를 다섯 혹은 여섯 수까지 예상했단 말이오. 그건 아무나 쉽게 할 수 없는 일입니다. 그건 정말 있을 수 없는 일이에요. 그렇지 않소?"

마지막 질문을 던지면서 매코너는 자신도 모르게 첸토비치 쪽을 바라보았다. 하지만 세계 챔피언은 꼼짝도 하지 않고 계속 냉담했다.

"그 점에 대해서는 내가 무어라 판단을 내릴 수 없군요. 아무튼 그 신사는 좀 독특하고 흥미롭게 체스를 두었습니다. 그래서 그에게 의도적으로 그런 기회를 준 것입니다." 첸토비치는 슬쩍 일어서면서 그만의 사무적인 태도로 덧붙여 말했다. "그 신사분이, 아니면 다른 여러 신사분들이 내일 다시 시합을 하고자 한다면, 난 세시부터 가능합니다."

우리는 속으로 웃음을 참을 수 없었다. 그 말은 첸토비치가 선심 쓰듯 우리 미지의 조력자에게 기회를 준 것이 아니라, 거절을 위장하기 위한 순진한 핑계를 댄 것이나 다름없다는 사실을 우리 모두는 알고 있었다. 그렇듯 흔들리지 않는 그의 거만함이 한번 꺾이는 것을 보고자 하는 우리의 요구는 더더욱 커졌다. 평화롭고 느긋했던 우리 승객들에게 갑자기 거칠고 공명심 넘치는 대결의 욕구가 솟구쳤다. 바다 한가운데에 있는 배 위에서 체스 챔피언으로부터 승리의 월계관을 빼앗을 수 있다는 생각이―그렇게만 된다면 그것은 모든 전신국에서 전 세계로 번개처럼 순식간에 퍼질 만한 기록이 되는 것이다―아주 도발적으로 우리를 사로잡았다. 게다가 위험한 순간 우리를 구해준 자의 예기치 않은 개입으로 비롯된 신비함에 묘한 자극을 받았다. 두려워하는 것처럼 보이는 그의 겸손함과 프로 선수의 흔들림 없는 자신감의 대조도 우리를 자극했다. 미지의 이 남자는 도대체 누구인가? 아직까지 발굴되지 않은 체스의 천재가 여기서 우연히 모습을 드러낸 것인가? 아니면 유명한 사람인데 알 수 없는 이유로 자신의 이름을 숨기는 것일까? 이 모든 가능성을 두고 우리는 아주 열띤 토론을 벌였다. 그 이방인의 수수께끼 같은 소심함과 놀라운 고백을 오해의 여지 없는 그의 체스 기술과 일치시키기 위해선 아무리 무모한 가설도 그다지 무모해 보이지가 않을 정도였다. 그렇지만 한 가지, 우리가 의견의 일치를 본 것은 새로운 시합 구경을 결코 포기할 수 없다는 것이었다. 우리는 그 남자가 다음날 첸토비치와 시합을 벌일 수 있도록 모든 것을 다 하자고 결의했다. 시합에 드는 비용은 매코너가 책임지기로 했다. 그러는 사이 승무원들에게 물어보니 미지의 그 남자는 오스트리아 사람이라는 것이 밝혀졌고, 그와 동향인이라는 이유로 우리의 부탁을 그에게 전하는 임무가 나에게 맡겨졌다.

그렇게 급히 사라져버린 그 사람을 갑판 위에서 산책하며 찾는 데에는 그리 오랜 시간이 필요치 않았다. 그는 비치의자에 누워 책을 읽고 있었다. 그에게 다가가기 전 잠시 그를 관찰했다. 잘생긴 머리를 쿠션에 대고 그는 다소 피곤한 모습으로 쉬고 있었다. 머리카락이 관자놀이 주변에서 하얗게 반짝였고, 얼굴은 비교적 젊은데 기이할 정도로 창백한 모습이 또다시 눈에 뜨였다. 왜 그런지 이유는 모르지만 나는 이 사람이 갑자기 늙어버린 것 같다는 인상을 받았다. 내가 다가가자 그는 정중히 일어나서 이름을 대며 자신을 소개했다. 그 이름이 명망 있는 옛 오스트리아 가문 중 하나여서 금방 친근감이 느껴졌다. 그 이름을 가진 사람 중에 슈베르트와 아주 친한 친구도 있었고, 옛 황제의 주치의들 중에도 이 가문 출신이 있었다는 사실이 기억났다. 내가 B박사에게 첸토비치의 도전을 받아들여달라는 부탁을 전했을 때, 그는 당황한 기색이 역력했다. 지난 시합에서 세계 챔피언, 그것도 현재 가장 성공한 챔피언에게 영광스럽게도 패하지 않았다는 사실을 전혀 상상조차 하지 못하고 있었던 것이 확실했다. 어떤 이유에서인지 이 소식이 그에게 특별한 인상을 남기는 듯 보였다. 그가 자꾸 그의 적수가 정말로 인정받은 세계 챔피언이 확실하냐고 되물었기 때문이다. 이런 상황이 나의 임무를 수월하게 해주리라는 것을 금방 알아차렸다. 다만 그에게서 예민함이 느껴졌기 때문에 혹시 지게 될 경우 물질적 부담은 매코너의 계좌에서 해결되리라는 점은 그에게 말하지 않는 것이 낫겠다고 생각했다. 한참을 더 머뭇거린 후 B박사는 결국 시합에 응할 의사가 있음을 밝혔다. 그러나 다른 신사들이 자신의 능력을 과대평가하여 희망을 걸지 않도록 분명히 경고해달라고 부탁했다.

생각에 잠긴 듯 미소 지으며 그는 덧붙였다. "왜냐하면 제가 규칙에 맞게 제대로 시합을 할 수 있을지 정말로 알 수 없기 때문입니다. 고등학교 시절 이후, 그러니까 이십 년 이상 체스 말에 손도 대지 않았다고 말했던 것은 제가 지나치게 겸손해서 그런 게 아니라는 것을 제발 믿어주시기 바랍니다. 물론 그 시절에도 전 특별한 재능 없이 그저 게임을 즐기는 정도였다고 생각합니다."

그가 너무나 자연스럽게 말했기 때문에 그의 솔직함에 어떤 의심도 품어서는 안 될 것만 같았다. 그럼에도 나는, 그가 아주 상이한 챔피언들의 시합 하나하나를 너무도 상세히 기억하고 있다는 것에 경탄을 금할 수 없었다. 아무튼 적어도 이론적으로라도 체스에 무척 몰두해왔음이 틀림없다고 내가 말했다. B박사는 다시금 그 묘하게도 몽상적인 미소를 지었다.

"무척 몰두했다고요! 그건 신이 알고 있지요. 내가 체스에 많이 몰두했다고 말할 수 있을 겁니다. 그것도 아주 특별한, 정말 완전히 유일무이한 상황에서 그랬었지요. 꽤 복잡한 이야기인데…… 사랑스럽고 위대한 우리 시대에 기껏해야 아주 조금 도움이 될 이야기로 볼 수도 있을 겁니다. 만일 당신이 삼십 분 정도 인내심을 갖고 들어주실 수 있다면 말입니다."

그가 옆에 있는 의자를 가리켰다. 나는 기꺼이 그의 초대에 응했다. 우리 주위에는 아무도 없었다. B박사는 돋보기를 벗어 옆에 두고 이야기를 시작했다.

"당신이 빈 출신으로 우리 가족의 이름을 기억한다고 말씀하시니 참으로 반갑습니다. 하지만 추측건대, 제가 아버지와 함께 하다가 나중에는 혼자서 운영한 법률사무소에 대해서는 거의 들어보지 못했을 겁니다. 우리는 신문에 공공연하게 오르내리는 소송 사건을 다루지 않았어요. 원칙적으로 새로운 고객을 기피했으니까요. 실제로 우리는 본격적인 변호 업무를 더는 하지 않았고, 오직 법률 상담과 대형 수도원의 재정 업무, 특히 저의 아버지가 가톨릭 성직자 정당의 전직 의원이었기 때문에 가까이 알고 지내는 수도원의 재정 업무에 국한해서 일을 했습니다. 게다가 우리는―군주정이 역사 속으로 물러간 오늘날에는 이런 말을 해도 되겠지요―황제 가족 중 몇 사람의 자금 관리도 위탁받았습니다. 궁정이나 수도원과의 이러한 관계는 벌써 두 세대 전으로 거슬러 올라가지요. 저의 삼촌이 황제의 주치의였고, 또 다른 삼촌은 자이텐슈테텐의 수도원장이었습니다. 우리는 그 관계를 유지해야만 했습니다. 그것은 조용한 일이었지요. 대대로 이어진 신뢰를 통해 우리에게 주어진, 잡음 없는 일이었다고 말하고 싶군요. 아주 엄격한 비밀 유지와 신뢰 이외에 다른 것은 요구되지 않았는데, 이 두 가지만큼은 돌아가신 저의 아버지께서 확실히 지켜주셨지요. 아버지는 정말 인플레이션이나 변혁의 시기에도 신중한 통찰력으로 고객들의 상당한 자산을 성공적으로 지켜냈습니다. 그런데 히틀러가 독일에서 정권을 잡고 교회와 수도원의 재산을 강탈하기 시작하자 국경 너머로부터 여러 가지 협상과 교섭이 들어왔어요. 적어도 유동자산이 압류되기 전에 우리 손으로 구하기 위해서 말입니다. 로마 교황청과 황제 가문 사이에 벌어진 모종의 정치적 비밀협상들에 대해 우리 둘은 당시 일반인들보다 더 많은 것을 알고 있었습니다. 그러나 우리 법률사무소가 눈에 띄지 않는다는 점과—우리는 한 번도 문에 간판을 단 적이 없습니다—그리고 우리 둘 다 모든 군주정 관련 그룹을 확실하게 피하여 신중을 기했다는 점이 불필요한 뒷조사를 받지 않을 수 있었던 가장 안전한 보호막이었던 거죠. 사실 이 시기에 황제가의 비밀급사들이 항상 가장 중요한 우편물을 눈에 띄지 않는 사층의 우리 사무실로 가져오고 가져갔다는 것을 오스트리아의 어떤 관청도 일찍이 눈치 채지 못했습니다.

나치스는 세계를 상대로 군대를 정비하기 훨씬 전부터 그 역시 위험하고 훈련을 받은 또 다른 군대를 이미 모든 이웃 접경국에 배치하기 시작했어요. 불이익을 당한 자들, 뒤처진 자들, 모욕당한 자들로 이루어진 용병대였는데, 모든 관청과 모든 기업에 소위 그들의 '방'을 만들었지요. 돌푸스와 슈슈니크*의 사생활 공간을 제외하고는 모든

---

* 엥겔베르트 돌푸스와 쿠르트 폰 슈슈니크를 말한다. 두 사람 모두 오스트리아의 전직 총리로서 반(反)나치스 정책을 펴다 각각 암살, 실각당했다.

곳에 그들 염탐꾼과 스파이 들이 앉아 있었습니다. 유감스럽게도 뒤늦게 들은 사실인데, 그들은 눈에 띄지 않는 우리 사무소에조차 끄나풀을 두었다는 겁니다. 물론 그는 우리 사무소가 정상적인 운영을 한다는 것을 외부에 보여주기 위해 어느 신부의 추천으로 고용한, 불평불만 많고 능력도 없는 서기에 지나지 않았습니다. 실제로 우리는 중요하지 않은 심부름 이외에는 그를 활용하지 않았어요. 그에게 전화를 받고 서류를 정리하게 했지요. 물론 전혀 중요하지 않고 의심의 여지 없는 그런 서류들이었지요. 우편물은 절대 개봉하지 못하게 했고, 중요한 편지는 복사본을 남기지 않고 제 손으로 타자를 쳤습니다. 그리고 중요한 기록문서는 모두 제가 직접 집으로 가져갔고, 비밀협의 문건은 수도원이나 제 삼촌의 진료실에만 두었습니다. 이렇게 신중히 조치한 덕분에 이 염탐꾼은 중요한 일들에 대해선 아무것도 알아낼 수 없었지요. 그러나 불행하게도, 공명심 넘치고 허영심 많은 이 녀석이 사람들이 자기를 불신하고 모든 흥미로운 일은 자기 등 뒤에서 이루어지고 있다는 것을 한 번쯤은 우연히 알아챘을 겁니다. 어쩌면 한 번쯤 제가 없을 때 급사 중 한 명이 부주의하게 '황제 폐하'라고 말했을지도 모릅니다. 약속한 대로 '베른 백작'이라 하지 않고 말이지요. 혹은 그 무뢰한이 편지를 몰래 뜯어보았을 수도 있고요. 아무튼 제가 의심하기 전에 그는 뮌헨이나 베를린으로부터 우리를 감시하라는 명령을 받았던 겁니다. 아주 나중에야 비로소, 그러니까 제가 구속된지 이미 오래되었을 때 기억이 나더군요. 그가 일하기 시작한 초기에는 방만했는데 마지막 몇 달 동안은 갑자기 변해서 열심히 일했고, 여러 번 제 우편물을 자기가 우체국에 가져가겠다며 주제넘다 싶을 정도로 나섰던 것이 말입니다. 제가 어느 정도 부주의했다는 비난을 모면할 수는 없을 것 같네요. 하지만 결국 고위 외교관과 군인 들도 히틀러 무리에게 교활하게 정탐당하지 않았을까요? 게슈타포가 얼마나 정확하고 친절하게 저에게 오래전부터 주의를 기울였는지는 슈슈니크가 퇴위를 공포한 그날 저녁에, 그러니까 히틀러가 빈으로 들어오기 하루 전에 제가 벌써 나치 친위대에 체포되었다는 정황을 생각하면 아주 극명하게 밝혀지지요. 다행히도 전 슈슈니크의 사퇴연설을 듣자마자 가장 중요한 서류들을 무사히 태울 수 있었습니다. 기록문서의 나머지는 성직자들과 두 대공이 외국에 예치한 자산의 가치를 증명하는 데 없어서는 안 될 서류들과 함께 빨래바구니에 숨겨서 우리 집의 신뢰할 만한 나이 든 가정부를 시켜 제 삼촌에게 건네주라고 했지요. 정말로 그놈들이 제집 문을 두들겨대기 불과 몇 분 전이었어요."

B박사는 담배에 불을 붙이려고 말을 중단했다. 타오르는 불빛에 그의 오른쪽 입가가 신경성 경련을 일으키고 있음을 알 수 있었다. 그건 이미 좀 전부터 눈에 띄기는 했는데, 내가 관찰할 수 있을 정도로 몇 분간 계속 반복되었다. 물론 그저 일시적인 움직임에 지나지 않았고 숨결보다 더 강하지도 않았지만, 그것이 얼굴 전체에 기묘한 불안감을 드리웠다.

"아마도 당신은 이제 제가 우리 옛 오스트리아에 충성한 사람 모두가 끌려갔던 나치 강제수용소나 그곳에서 겪은 굴욕, 고문, 고문기구에 대해 이야기할 거라고 생각하겠지요. 하지만 그런 일은 일어나지 않았습니다. 저는 다른 범주에 속했습니다. 육체적 정신적 굴욕감을

줌으로써 오랫동안 품어온 르상티망*을 푸는 대상이 되는 사람들에
속하지는 않았습니다. 대신 아주 작은 다른 그룹에 속했지요. 이 그룹
에서 나치스가 캐내고자 했던 것은 돈이나 중요한 정보들이었습니다.
저의 겸손한 성격 그 자체는 물론 게슈타포에겐 관심의 대상이 전혀
아니었습니다. 그러나 그들은 우리 같은 허수아비, 관리인이자 신임
을 받았던 사람들이 그들을 가장 격분하게 한 적대자였음을 알고 있
었음이 틀림없었습니다. 그들은 수도원이나 황실에 죄를 뒤집어씌울
수 있는 자료를 저에게서 캐내고자 했지요. 수도원의 재산 은닉 사실
을 입증할 만한 자료, 황제 가문이나 왕정을 희생적으로 변호해온 모
든 사람들에게 죄목을 부여할 만한 자료를 찾았습니다. 우리 손을 거
쳐간 자산 중 중요한 것들은 여전히 숨겨져 있어 그들이 아직 충분히
강탈하지는 못했다고 생각했던 것 같습니다. 그런 추측이 전혀 틀렸
다고는 할 수 없었지요. 그들은 첫날 저를 당장 불러들여 그들의 정
평이 난 방법으로 제게서 이런 비밀들을 억지로 캐내려 했습니다. 중
요한 자료나 돈을 찾아내야 하는 범주에 속하는 저 같은 사람들은 그
래서 나치의 강제수용소로 후송되지 않고 특별취급을 받아 남게 되
었지요. 어쩌면 당신도 기억하실 겁니다. 우리의 사무장과 로트실트
** 남작은 가시철조망이 있는 수용소에 가둬지는 대신 얼핏 보기에는
대우를 받은 듯 메트로폴 호텔로 인도되었습니다. 그들은 남작의 친
척들에게서 수백만 달러를 강제로 빼앗으려고 했지요. 그 호텔은 게

---

* '원한 감정'이라는 뜻의 프랑스어. 일종의 상상의 복수심으로 주로 지배자에 대해 무력
한 피지배자들이 갖는 심리적 반응을 말한다.
** 유대계 국제 금융자본가 집안으로, 영어식 이름 '로스차일드'로 더 잘 알려져 있다.

슈타포의 주요 숙소이기도 했습니다. 호텔에서는 모두가 독립된 방을 하나씩 받았어요. 저같이 눈에 띄지 않았던 사람도 이런 특혜를 받았습니다.

호텔 독방, 그 자체로는 아주 인간적으로 들리지요. 그렇지 않나요? 하지만 우리 '저명인사'들을 스무 명씩 얼음처럼 찬 바라크에 몰아넣지 않고, 난방도 되고 각각 분리된 호텔방에 머물게 했다고 해서 우리를 결코 인간적으로 대한 것이 아니라는, 오히려 아주 교활한 방식으로 대했다는 제 말을 당신이 믿어주셨으면 합니다. 필요한 '자료'를 우리에게서 억지로 빼내려 거친 채찍이나 육체적 고문보다 훨씬 더 섬세하게 작동하는 강압적인 방법을 사용했는데, 그건 아주 닳고 닳은 방법인 고립을 통해서였습니다. 그들은 우리에게 아무 짓도 하지 않았습니다. 우리를 그저 완벽한 무無의 상황에 세워두었던 겁니다. 잘 아시겠지만, 지상의 어떠한 것도 그보다 더 강력하게 인간 영혼을 압박하지는 않기 때문입니다. 우리들을 각각 완전한 진공상태, 즉 외부세계로부터 애매모호하게 폐쇄된 각 방에 가둠으로써 채찍과 추위로 인해 가해지는 외부의 압력 대신 내부로부터 압력을 만들어내는 것이었지요. 그 내부로부터의 압력이 결국 우리의 입술을 폭파하듯 열게 하는 것입니다. 제게 배정된 방은 얼핏 보기에는 조금도 불편하지 않을 것처럼 보였습니다. 그 방에는 문이 하나 있고, 침대 하나, 안락의자 하나, 세면대 하나, 창살이 있는 창문도 하나 있었습니다. 그러나 그 문은 항상 잠겨 있었고 테이블 위에는 책 한 권도, 신문도, 종이도, 연필도 용납되지 않았습니다. 창문은 방화벽을 바라보고 있었지요. 제 몸과 자아를 에워싼 것은 완벽한 무였습니다. 그들은 제게서 모든 물건을 빼앗아갔습니다. 제가 시간을 알지 못하도록 시계도, 뭔가 글을 쓸 수 없도록 연필도, 혈관을 끊어 자살하지 못하도록 칼도 빼앗아갔고, 담배와 같이 아주 작은 마취도 허용되지 않았지요. 한 마디 말도 안 되고 어떤 질문에 답해서도 안 되며, 감시자 이외에 사람이라곤 보지 못했고, 사람 목소리도 결코 듣지 못했습니다. 눈, 귀를 비롯한 모든 감각이 아침부터 밤까지 그리고 다시 밤부터 아침까지 최소한의 양분도 취하지 못한 채 오직 저 자신, 저의 육체만 존재했지요. 테이블, 침대, 창문, 세면대같이 소리 없는 네댓 개의 사물만이 대책 없이 있었을 뿐입니다. 이 침묵의 검은 바닷속, 유리종 아래에 있는 잠수부처럼 살았습니다. 바깥세상으로 연결된 밧줄이 잘려 다시는 이 소리 없는 심연을 살아서 나가지 못할 거라고 이미 예감한 잠수부처럼 말입니다. 할 일이 아무것도 없었습니다. 들을 것도, 볼 것도 없었어요. 도처에 그리고 끊임없이 한 사람 주위에 무만 있었을 뿐입니다. 완전히 무공간적, 무시간적 공허였지요. 이리저리 왔다 갔다 했습니다. 그에 따라 생각들도 이리저리 계속 왔다 갔다 했어요. 그러나 생각 자체는, 사실 생각이 그렇게 실체 없는 것처럼 보이지만 버팀목이 필요합니다. 그것이 없으면 생각은 맴돌며 무의미하게 자전하기 시작하거든요. 생각도 무를 견디지 못합니다. 뭔가를 기다렸어요. 아침부터 저녁까지. 그런데 아무 일도 일어나지 않았습니다. 다시, 또다시 기다렸지요. 아무 일도 일어나지 않았습니다. 기다리고, 기다리고, 또 기다렸어요. 생각하고, 생각하고, 또 생각했습니다. 관자놀이에 통증이 느껴질 때까지요. 어떤 일도 일어나지 않았습니다. 혼자 있었습니다. 혼자…… 혼자서……

그렇게 열나흘이 흘렀습니다. 제가 시간 밖에서, 세상 밖에서 살았던 날들이지요. 당시 전쟁이 일어났다고 해도 전혀 알 수 없었을 겁니다. 저의 세계란 그저 테이블, 문, 침대, 세면대, 안락의자, 창문 그리고 벽으로만 이루어져 있었고, 저는 늘 똑같은 벽에 똑같은 벽지를 뚫어져라 쳐다보았지요. 벽지에 있던 톱니 문양의 선들 하나하나가 저의 뇌 가장 깊은 주름 속에 마치 청동 조각끌로 새겨 넣듯 깊게 새겨졌습니다. 그렇게 자주 그것을 응시했던 겁니다. 그러고 나서 마침내 신문이 시작되었어요. 갑자기, 낮인지 밤인지도 모르겠는데 호출을 받았습니다. 몇 구역의 복도를 지나 어딘가로 인도되었습니다. 그곳에서 대기했는데 어느 순간 정신을 차려보니 갑자기 제복을 입은 사람들이 둘러앉은 테이블 앞에 서 있더군요. 테이블 위에는 한 뭉치의 종이가 있었습니다. 무슨 내용인지 알 수 없는 서류들이었어요. 그들이 질문을 던지기 시작했습니다. 진짜 질문들과 가짜 질문들, 명확한 질문들과 악의적인 질문들, 위장된 질문들과 유도질문들을 던지더군요. 대답하는 동안 낯설고 악한 손가락들이 종이를 넘겼습니다. 물론 그 서류들이 무슨 내용을 담고 있는지 전혀 알 수 없었습니다. 낯설고 악한 손가락들은 조서에 뭔가를 적었지요. 하지만 그들이 무엇을 적는지 알 수 없었습니다. 이런 신문 과정에서 가장 끔찍했던 것은, 게슈타포들이 제 법률사무소의 일들에 대해 실제로 무엇을 알고 있고 무엇을 알아내려고 하는지 제가 전혀 추측할 수도, 계산할 수도 없다는 점이었습니다. 당신에게 이미 말씀드렸듯이 애초에 죄가 될 소지가 있는 서류들은 제가 마지막 순간에 가정부를 시켜서 삼촌에게 보냈지요. 하지만 삼촌이 그것을 받았을까? 아니면 받지 못했을까? 그

서기가 얼마나 불었을까? 그들이 편지에서 얼마나 알아냈을까? 그 사이에 우리가 잘 아는 독일 수도원의 용의주도하지 못한 어느 성직자가 혹 이미 압력을 받진 않았는지, 받았다면 어느 정도인지 알 수 없었습니다. 그들은 연거푸 묻고 또 물었습니다. 제가 그 수도원을 위해 어떤 증권을 샀는지, 어떤 은행과 거래를 하는지, 아무개 씨를 아는지 혹은 모르는지, 스위스나 슈테노커첼에서 온 편지를 받았는지. 그들이 대체 얼마나 조사했는지 예측할 수 없었기 때문에 모든 대답이 아주 끔찍한 책임으로 변했지요. 그들이 모르는 뭔가를 제가 인정하면 엉뚱한 사람을 칼끝으로 몰아가는 것이었지요. 그렇다고 너무 많이 부정한다면 저 자신이 다칠 수 있었고요.

그러나 신문은 최악이 아니었습니다. 최악은 신문 이후 다시 무의 상태로 되돌아가는 것이었지요. 똑같은 테이블, 똑같은 침대, 똑같은 세면대, 똑같은 벽지가 있는 똑같은 방으로 말입니다. 혼자가 되자마자 저는 돌이켜 생각해보았습니다. 가장 영리하게 대답하려면 어떻게 했어야 하나, 지각없이 내뱉은 말로 혹시라도 의심을 샀다면 관심을 딴 데로 돌리기 위해 다음번에는 무슨 말을 해야 하나 생각했습니다. 저는 곰곰이 생각하고, 철저히 분석했습니다. 신문관에게 했던 말 한 마디 한 마디와 저의 진술을 검토했습니다. 그들이 던진 질문 하나하나, 제가 한 답변 하나하나를 거듭 생각했어요. 그들이 그것에 대해 조서를 어떻게 작성했을지 헤아려보려고 애썼습니다. 하지만 그것을 결코 알 수도, 거기에 이를 수도 없다는 것을 알았지요. 그렇지만 빈방에서 한번 발동이 걸린 이런 생각들은 멈추지 않고 계속 머릿속에서 맴돌아, 새롭게 혹은 다르게 조합되어 상황을 만들며 생각하게 되었습니다. 그건 수면 중에도 계속되었답니다. 게슈타포에게 신문을 받고 난 뒤에는 언제나 다시 생각하면서 질문하고 탐색하고 괴롭히는 고문을 제 자신이 가차 없이 그대로 되풀이했습니다. 어쩌면 더 심했을지도 모릅니다. 모든 신문은 어쨌든 한 시간이면 끝났지만, 제 생각들은 이 고독의 교활한 고문 덕택에 결코 멈출 줄을 몰랐으니까요. 그리고 제 주위에는 항상 그저 그 테이블, 그 옷장, 그 침대, 그 벽지, 그 창문만 있었고, 생각을 다른 데 쏟을 만한 어떤 것도 없었지요. 책도, 신문도, 낯선 얼굴도 없었고, 뭔가 적을 연필도, 가지고 놀 성냥개비도 없었습니다 . 아무것도, 아무것도, 아무것도 없었어요. 지금에서야 알아차렸어요. 그 호텔방의 구조가 얼마나 악의적이었는지, 심리학적으로 얼마나 살인적이었는지 말입니다. 나치의 강제수용소였다면 손에 피가 나고 신발 신은 발에 동상이 걸릴 때까지 돌들을 날랐을 테지요. 두 다스의 사람들과 함께 무리지어 악취와 추위 속에 누웠겠지요. 그러나 사람들의 얼굴은 보았을 테고, 들판이든 수레든 나무든 별이든 뭔가 볼 수 있었겠죠. 하지만 거기에는 제 주위에 항상 똑같은 것, 놀라울 정도로 항상 똑같은 것만 있었습니다. 거기에는 저의 생각, 저의 망상, 저의 병적인 반복으로부터 관심을 다른 쪽으로 돌려줄 아무것도 없었어요. 바로 이 점을 그들이 노렸던 겁니다. 전 생각들을 억지로 삼키고 또 삼켜야 했습니다. 그것들이 저를 질식시켜 결국 토해내는 것 외에 달리 어쩔 도리가 없을 때까지 말입니다. 그렇게 해서 진술하는 겁니다. 그들이 원하는 바를 모두 말하는 거죠. 마침내 자료와 사람들을 다 토해내는 것 외에 달리 어쩔 도리가 없을 때까지 말입니다. 소름 끼치는 무의 압박으로 인해 제 신경이 어떻게

풀어지기 시작하는지 점차 느낄 수 있었습니다. 그런 위험을 의식해 생각을 딴 데로 돌릴 만한 것을 찾거나 고안해내려고 신경을 얼마나 팽팽히 긴장시켰던지 거의 끊어질 지경이었지요. 저 자신에게 몰두하기 위해 예전에 암기하고 배웠던 것을 전부 암송하고 재구성하려 애썼어요. 애국가, 어린 시절에 장난삼아 붙인 운율, 고등학교 때 읽은 호메로스의 시, 시민법규들까지 말입니다. 그러고 나서 계산을 했어요. 임의의 수를 더하거나 나누면서요. 하지만 공허 속에서는 기억력이 확고한 힘을 갖지 못하더군요. 저는 어떤 것에도 집중할 수 없었습니다. 항상 똑같은 생각이 그 사이를 파고들어 번뜩였습니다. 그들이 무엇을 알아냈을까? 어제 무슨 말을 했지? 다음엔 뭐라고 말해야 하지?

이렇게 말로 표현할 수 없는 상황이 사 개월간 지속되었습니다. 이젠 사 개월이란 말이 쉽게 나옵니다. 하나의 철자가 아닌데도 말입니다! 그 말이 쉽게 발음됩니다. 사 개월―삼 음절이나 되는 말이지요! 그땐 십오 분 뒤에 입술이 열려 얼른 하나의 음처럼 발음했었지요. 사 개월! 하지만 무공간적인 곳에서 무시간적인 때에 시간이 얼마나 지났는지, 아무도 묘사할 수도 헤아릴 수도, 다른 사람에게는 물론 저 자신에게까지도 명확하게 가시화할 수 없습니다. 그리고 어느 누구에게도 한 사람 주위를 에워싸고 있는 무와 무와 무가 어떻게 그 사람을 좀먹고 파괴시키는지 설명할 수 없습니다. 항상 그 테이블과 침대와 세면대와 벽지, 항상 침묵, 항상 사람은 보지도 않고 음식만 밀어 넣는 똑같은 감시자, 무의 상황에서 미칠 때까지 그 하나를 맴도는 똑같은 생각들. 소소한 징후들에서 저의 뇌가 무질서에 빠지고 있다는 것을 불안하게 알아갔습니다. 처음 신문을 받을 때는 아직 내적으로는 명료했습니다. 전 침착하게 숙고해서 진술했지요. 무엇을 말해야 하고 무엇을 말해서는 안 되는지, 이 이중적인 사고가 아직 작동했습니다. 그런데 아주 간단한 문장들조차 점점 더듬거리게 되었답니다. 진술하는 동안, 전 최면에 걸린 듯 조서 위에서 움직이는 펜 끝의 깃털을 뚫어져라 쳐다보았습니다. 마치 저 자신의 말들을 뒤쫓고 싶은 것처럼 말입니다. 힘이 점점 빠지는 것을 느꼈습니다. 저를 구하기 위해 제가 아는 모든 것을 말해버릴 순간이, 어쩌면 더 나아가 이런 무의 교실에서 벗어나기 위해 열두 명의 사람들과 그들의 비밀을 폭로할 순간이 점점 더 가까이 다가왔다는 것을 전 느꼈습니다. 그렇게 한다고 해도 저 자신에게는 숨 돌릴 만한 휴식 그 이상은 주지 못했겠지만 말입니다. 어느 날 저녁, 정말로 상황이 거의 그렇게 되었지요. 감시자가 우연히 질식할 것 같은 순간에 음식을 가져다주었는데, 그때 제가 갑자기 그의 뒤를 향해 소리쳤습니다. '신문을 받게 해주시오! 모든 것을 말하겠소! 전부 다 털어놓겠소! 서류들이 어디에 있고 돈은 어디에 있는지 다 말하겠단 말이오! 모든 것을 말하겠소, 모든 것을!' 다행히도 그는 제 말을 듣지 못했습니다. 어쩌면 제 말을 듣고 싶지 않았는지도 모르죠.

이렇게 극단적으로 위급한 상황에서 예기치 않은 일이, 구원을 약속하는 듯한 일이 일어났습니다. 물론 잠시 동안의 구원이었지만요. 그때가 7월 말이었습니다. 구름이 짙게 끼어 어둡고 비가 올 듯한 그런 날이었지요. 제가 이렇게 세세한 것까지 제법 정확하게 기억하는 까닭은, 신문을 받으러 끌려가던 복도의 창에 비가 투두둑 내려쳤기 때문입니다. 예비판사의 대기실에서 기다려야 했어요. 신문을 받으러 갈 때마다 항상 기다려야만 했습니다. 그렇게 기다리게 하는 것도 기술이었습니다. 우선, 한밤중에 갑자기 호출하여 감방에서 불러냄으로써 신경을 곤두서게 만들어놓고, 그러고 나서 신문받을 마음의 준비를 하고 저항하기 위해 이성과 의지를 바짝 긴장시켜놓고 나면 그들은 꼭 기다리게 했습니다. 의미 없이 신문받기 전에 한 시간, 두 시간, 세 시간도 기다리게 했지요. 육체를 피곤하게 하고 영혼을 녹초로 만들려는 것이었습니다. 그런데 7월 27일 목요일에는 저를 유독 오래 기다리게 했어요. 두 시간 내내 대기실에 서서 기다렸지요. 제가 이날을 정확하게 기억하는 데도 특별한 이유가 있습니다. 제가—물론 주저앉아서는 안 되었지요—두 시간을 두 다리로 서 있어야만 했던 그 대기실에는 달력이 걸려 있었어요. 제가 인쇄된 것, 활자에 굶주려서 그 숫자, 벽에 걸린 '7월 27일'이라는 몇 안 되는 그 숫자를 얼마나 응시하고 또 응시했는지 당신에게 설명할 수 없을 것 같습니다. 그것을 마치 저의 뇌 속에 집어넣듯 삼켰지요. 그리고 다시 기다리고 또 기다렸으며, 문이 언제 열릴지 뚫어져라 쳐다보았습니다. 그러면서 신문관들이 이번에는 무엇을 물어볼지 신중하게 생각했습니다. 그들이 제가 준비한 것과는 상당히 다른 뭔가를 물어볼 거라는 것도 알고 있었지요. 그런데도 그렇게 서서 기다리는 것이 고통인 동시에 유익한 쾌락이기도 했습니다. 어쨌든 그 공간은 제 방과는 달랐기 때문이죠. 그 방은 좀더 컸습니다. 창문은 하나가 아니라 두 개였고, 침대도 세면대도 없는 방이었어요. 창문턱에는 제가 수백만 번도 더 바라보았던 갈라진 틈도 없었지요. 문도 다른 색으로 칠해져 있었고, 다른 안락의자가 벽 앞에 있었으며, 왼쪽에는 서류로 가득찬 문서보관함과 옷걸이가 딸린 옷장이 있었죠. 옷걸이에는 젖은 군인외투, 그러니까 저를 고문하는 이들의 외투 서너 벌이 걸려 있었어요. 새로운 볼거리가 없어 굶주려왔던 제 눈으로 마침내 뭔가 다른 것을 관찰할 수 있었던 겁니다. 제 두 눈은 게걸스럽게 모든 세세한 부분에 매달렸습니다. 외투에 잡힌 주름을 하나하나 관찰했습니다. 예를 들자면, 젖은 외투 한쪽 옷깃에 맺힌 물방울 하나를 주목하는 겁니다. 당신에겐 정말 우스꽝스럽게 들릴지 모르지만, 저는 말도 안 되는 흥분 상태로 기다렸어요. 그 물방울이 마침내 외투의 주름을 따라 흘러내릴지, 아니면 중력에 저항하여 더 오래 매달려 있는지 말입니다. 그래요, 전 몇 분간 숨을 죽인 채 물방울을 응시하고 또 응시했습니다. 마치 제 삶이 거기에 달려 있기라도 한 듯이 말입니다. 그리고 마침내 물방울이 굴러떨어졌을 때, 저는 다시 외투의 단추 수를 세었답니다. 어느 양복 윗도리에 여덟 개, 다른 양복에도 여덟 개, 세번째 옷은 열 개였습니다. 그러고는 다시 소맷부리들을 비교했지요. 굶주린 내 눈은 표현할 수 없을 정도로 게걸스럽게 그 우스꽝스럽고 소소한 것들을 전부 다 더듬어보고, 뒤집어보고, 포괄적으로 파악하기도 했습니다. 그런데 갑자기 제 시선이 뭔가에 달라붙어 꼼짝도 하지 않았어요. 외투들 중 하나의 옆주머니가 좀 부풀어 올라 있는 것을 발견했습니다. 전 좀더 가까이 다가갔고, 직사각형의 돌출부에서 부풀어 오른 그 주머니가 안에 무엇을 숨기고 있는지 알아야겠다고 생각했습니다. 그건 책이었어요! 무릎이 떨리기 시작했습니다. 책이라니! 사 개월 동안 저는 책 한 권 손에 넣을 수 없었습니다. 줄지어 나열된 단어들을 볼 수 있고 단락과

페이지 그리고 책장들을 볼 수 있으며, 거기에서 새롭고 낯선, 주의를 딴 데로 돌리는 생각들을 읽고 추적하고 뇌로 접수할 수 있는 한 권의 책을 상상하는 것만으로도 이미 황홀하고 마비되는 느낌이었지요. 최면에 걸린 듯 제 눈은 주머니 속의 그 책이 만들어낸 다소 봉긋하게 솟아오른 부분을 뚫어져라 쳐다보았습니다. 눈에 띄지 않는 그 부분을 타는 듯한 시선으로 바라보았습니다. 마치 이글거리는 시선으로 외투를 태워 구멍이라도 내려는 듯이 말입니다. 결국 욕망을 억누를 수 없었습니다. 나도 모르는 사이에 점점 더 가까이 다가갔지요. 물질로 만들어진 책을 손으로 만져볼 수 있다는 생각에 손가락의 신경들이 손톱 끝까지 뜨겁게 달아올랐습니다. 거의 무의식 상태에서 점점 더 가까이 다가가도록 저 자신을 압박했습니다. 다행히도 감시인은 분명 이상하게 보였을 제 행동거지에 주목하지 않았습니다. 아마 두 시간이나 똑바로 서 있던 사람이 벽에 좀 기대려 하는 것이 그 감시인에겐 자연스러워 보였던 모양입니다. 전 어느새 외투 옆에 아주 가까이 서 있었습니다. 두 손을 등 뒤로 가져갔습니다. 눈에 안 띄게 그 외투를 만지려고 말입니다. 저는 그 물건을 더듬어 만져보았고, 정말 물질로 만들어진 직사각형의 나긋나긋하고 나지막하게 바스락거리는 어떤 것을 느꼈습니다. 책! 한 권의 책이었습니다. 순간 제 몸 전체를 총알처럼 관통하는 생각이 있었어요. 책을 훔쳐라! 아마 성공할 거야, 그걸 네 방에 숨겨놓고 읽을 수 있잖아, 읽을 수 있어, 읽을 수 있단 말이야, 마침내 다시 책을 읽을 수 있다고! 이런 생각이 제 안에 솟구치면서 강한 독처럼 퍼져나갔습니다. 갑자기 귀가 윙윙거리고 심장이 방망이질 치기 시작하더군요. 두 손이 얼음처럼 차가워져서 더는 마음대로 되지 않았습니다. 그렇게 몸이 굳어버리자 저는 조용하면서도 교묘하게 점점 더 그 외투에 다가가도록 저 자신을 재촉했습니다. 시선을 감시인에게 계속 고정시키고 등 뒤로 숨긴 두 손으로 그 책을 주머니 밑에서부터 위로, 더 위로 밀었어요. 그런 다음 단번에 움켜쥐고 조심스럽게 한 번 더 살짝 밀었지요. 그러자 갑자기 작은, 그다지 두껍지 않은 책이 제 손에 쥐어졌어요. 그때야 비로소 제 행동에 놀랐습니다. 하지만 돌이킬 수는 없었어요. 그런데 이걸 어디에 숨기지? 저는 등 뒤에 있는 책을 바지 속으로, 허리띠가 바지를 조이는 그 부분으로 넣어 조금씩 엉덩이 위로 밀었습니다. 걸을 때 군인처럼 한 손으로 책을 바지 솔기 부분에 밀착시켜 꼭 붙들 수 있도록 하기 위해서였습니다. 이제 첫번째 시험이 중요했지요. 저는 옷걸이에서 발걸음을 떼어 한 걸음, 두 걸음, 세 걸음을 걸어 나왔습니다. 되더라고요. 그저 손으로 허리띠를 단단히 누르기만 하면 걸어가면서 책을 꼭 붙드는 것이 가능했습니다.

그러고 나서 신문이 시작되었습니다. 신문을 받을 때 전보다 더 긴장할 수밖에 없었습니다. 왜냐하면 대답을 하는 내내 진술하는 데가 아니라, 그 책을 눈에 띄지 않게 꼭 붙드는 데 온 힘을 쏟았기 때문입니다. 다행히 신문은 짧게 끝났습니다. 전 그 책을 무사히 제 방으로 가져갔습니다. 너무 자세한 이야기로 당신을 잡아두고 싶지는 않습니다만, 걸어가는 도중에 책이 바지에서 미끄러지는 바람에 위험했습니다. 전 심한 기침 발작이 일어난 것처럼 허리를 굽히고 다시 허리띠 밑으로 책을 무사히 밀어 넣었습니다. 그때 그 일 초가 어떻게 흘렀는지! 그리고 전 다시 저의 지옥으로 되돌아가서 마침내 혼자 있게 되었습니다. 그러나 더는 혼자가 아니었어요!

당신은 제가 당장 그 책을 움켜쥐고 관찰하며 읽어댔을 거라고 생각하겠지요. 하지만 결코 그러지 않았습니다! 우선 한 권의 책을 가지고 있다는 사실에 대해 기쁨을 만끽하고 싶었어요. 일부러 머뭇거리면서 신경을 극도로 흥분시키는 즐거움, 훔친 책이 어떤 종류이면 제일 좋을까, 꿈꾸어보는 그런 즐거움 말입니다. 무엇보다도 아주 빽빽하게 인쇄되어 있고, 아주 많은 글자를 담고 있으며, 얇은 책장들이 많고 많아서 오래오래 읽어야 할 책이기를 꿈꾸었어요. 그리고 또 나를 정신적으로 긴장시키고, 밋밋하지도 쉽지도 않은 내용이 담긴 것으로 뭔가 배워서 암기할 수 있는 작품, 시집이기를 바랐지요. 괴테나 호메로스의 시집이라면 제일 좋겠다고 생각했어요. 결국 제 욕구와 호기심을 더는 억제할 수 없었습니다. 감시인이 갑자기 문을 열었을 경우 달려들어 저를 붙잡을 수 없도록 침대 위에 길게 누워 벌벌 떨며 허리띠 아래에서 그 책을 꺼냈습니다.

첫눈에 실망했고 심지어 격한 분노마저 치밀었습니다. 그렇게 엄청난 위험을 무릅쓰고 빼내와서 뜨겁게 달아오른 기대감으로 아껴둔 그 책이 백오십 편의 챔피언 시합을 모아둔 체스 교습서였던 겁니다. 빗장이 질러져 잠겨 있지 않았다면 그 순간 분노를 이기지 못하고 책을 창문 밖으로 내던졌을 거예요. 이런 말도 안 되는 것을 가지고 대체 무엇을 할 수 있고 또 무엇을 해야겠습니까? 고등학교 시절 저도 다른 아이들처럼 가끔 심심할 때 체스보드 앞에 앉긴 했었지요. 그렇지만 그런 이론서 따위가 저에게 무슨 소용이었겠습니까? 체스는 파트너 없이는 둘 수 없고, 게다가 말과 보드가 없으면 아예 불가능하지요. 저는 마지못해 책장을 죽 넘겨보았습니다. 그래도 혹시 뭔가 읽을 만한 서문이라든가 안내문을 발견하지 않을까 해서 말입니다. 하지만 각각의 챔피언 시합을 보여주는 정사각형의 도표와 그 안에 제가 전혀 이해할 수 없는 a2-a3, Sf1-g3 등의 기호 외에는 아무것도 발견할 수 없었어요. 그 모든 것이 무슨 수학 공식 같았고, 거기에 접근할 수 있는 어떠한 열쇠도 찾을 수 없었답니다. 시간이 차츰 지나면서 비로소 수수께끼를 풀게 되었는데, 세로줄에는 알파벳 a, b, c가, 가로줄에는 1에서 8까지의 숫자가 쓰여 있어서 각 체스 말의 위치를 나타낸다는 것을 알아냈지요. 이로써 순전히 도표로만 보이던 것이 아무튼 하나의 언어를 가지게 되었습니다. 혹시 이 방에서 체스보드 같은 것을 만들어볼 수 있지는 않을까, 그래서 그 시합들을 따라 둬볼 수 있는 방법을 곰곰이 생각해보았지요. 침대 시트가 우연히도 체크무늬 비슷하다는 게 하늘이 제게 보내는 윙크처럼 느껴졌습니다. 똑바로 접어서 포개놓으니 예순네 칸이 한꺼번에 만들어졌어요. 일단 책을 침대 매트리스 밑에 숨기고 첫 장을 떼어냈습니다. 그러고 나서 모아둔 작은 빵조각들로, 물론 우스꽝스러울 정도로 불완전한 모습이긴 했지만, 킹과 퀸 등의 체스 말을 만들기 시작했습니다. 끝없는 노력 끝에 마침내 체크무늬 시트 위에다 체스 교습서에 묘사된 위치들을 재구성할 수 있게 되었지요. 시합 전체를 그대로 따라서 둬보려 했지만 우스꽝스러운 빵조각 체스 말로는 힘들었습니다. 빵조각 말들을 구별할 수 있도록 절반은 먼지를 묻혀서 거뭇거뭇하게 만들었거든요. 처음 며칠은 계속 혼동할 수밖에 없었어요. 한 경기를 다섯 번, 열 번, 스무 번 계속 되풀이해서 처음부터 시작해야 했답니다. 그렇지만 이 세상에 누가 저처럼, 무의 노예인 저처럼 쓸모없는 시간을 그렇게 많이 가질 수 있겠으며, 누가 그렇게도 엄청난 욕망과 인내심을 마음대로 다룰 수 있겠습니까? 엿새가 지난 뒤 그 경기를 흠잡을 데 없이 끝낼 수 있었지요. 그리고 여드레가 지난 뒤에는 체스 교습서에 나온 위치들을 재구성하는 데 침대 시트 위의 빵조각 말들은 더는 필요가 없었습니다. 그리고 다시 여드레가 지난 뒤에는 체크무늬 시트가 없어도 될 정도였지요. 처음엔 추상적이기만 했던 a1, a2, c7, c8 등의 기호들이 머릿속에서 자동으로 시각적이고 입체적인 위치들로 변형되었거든요. 이러한 전환은 성공적으로 이루어졌습니다. 전 체스보드와 말들을 내적으로 투사시켰고, 순전히 공식들 덕분에 그때그때의 위치를 조망할 수 있었지요. 마치 훈련받은 음악가가 악보를 그저 보기만 해도 모든 음과 그것들의 화음을 들을 수 있는 것처럼 말입니다. 그러고 나서 열나흘이 지난 뒤에는 별로 힘들이지 않고 책에 있는 모든 시합을 외워서 그대로 둘 수 있었습니다. 전문용어로 그것을 블라인드 체스라고 하지요. 그때 비로소 제가 뻔뻔스러운 도둑질로 얼마나 엄청난 행운을 잡았는지 깨달았습니다. 갑자기 할 일을 갖게 된 것이니까요. 당신은 의미도 없고 목적도 없는 일이라고 할지 몰라도, 그것은 제 주변을 에워싸고 있던 무를 파기하는 활동이었습니다. 질식할 것 같은 공간과 단조로운 시간에 저항하는 백오십 가지 토너먼트 경기라는 놀라운 무기를 얻은 셈이지요. 새로 몰두하게 된 이 일의 매력을 잃지 않고 계속 유지하기 위해서 그때부터 매일 정확하게 시간을 배분했습니다. 아침에 두 경기, 오후에 두 경기, 그러고 나서 저녁에 반복하는 식으로 말입니다. 이것으로 저는 충만한 하루를 보낼 수 있었습니다. 그렇지 않았을 때는 젤리처럼 형태도 없이 늘어져 있었거든요. 전 지칠 줄 모르고 거기에 몰두했습니다. 체스 게임은 놀랄 만한 장점을 가지고 있어요. 아무리 긴장해서 두뇌활동을 해도 아주 제한된 좁은 영역에 정신적 에너지를 쏟아서 뇌가 무력해지지 않는다는 겁니다. 오히려 뇌에 노련함과 긴장감을 더해주지요. 처음에는 단순히 거장들의 경기를 기계적으로 따라 하기만 했는데, 차차 예술적으로 이해하면서 재미를 알아가기 시작했습니다. 섬세한 기술들, 공격과 방어시의 전략들을 이해했지요. 미리 생각하기, 연결시키기, 받아치기의 기술도 간파했고, 챔피언들의 개별적 특성도 금세 알아보게 되었습니다. 마치 시를 몇 줄만 읽고도 어떤 시인인지 확신할 수 있듯이 말입니다. 단순히 시간을 때우려고 시작했던 일이 즐거움이 되었답니다. 알레킨, 라스커, 보골류보프, 타르타코버 같은 위대한 체스 전략가들이 좋은 친구가 되어 저의 고독한 세계에 등장했습니다. 무한한 기분전환으로 무언의 호텔 감방은 매일매일 활기가 넘쳤고, 흔들리던 저의 사고력은 규칙적인 연습으로 안정을 되찾았지요. 머리가 맑아지고 지속적인 두뇌훈련으로 심지어 새롭게 갈고 닦은 것처럼 느껴졌답니다. 제가 더 명확하게, 더 집중적으로 생각할 수 있게 되었다는 것은 무엇보다도 신문을 받을 때 확인되었습니다. 저도 모르는 사이에 체스보드 앞에서 거짓위협이나 감춰진 책략에 맞서 방어하는 데 능숙해진 겁니다. 이때부터 신문을 받을 때 더는 허점을 보이지 않았고, 심지어 게슈타포들이 차츰 저를 어느 정도 존경심을 가지고 바라보기 시작했다는 생각까지 하게 되었습니다. 그들은 다른 사람들이 하나같이 견디지 못하고 무너지는 모습을 보았기 때문에 어쩌면 은

연중에, 대체 어떤 신비한 원천에서 저 혼자 끄떡없는 저항의 힘을 길어내고 있는가 자문했을지도 모릅니다.

제가 책에 실린 백오십 가지 시합들을 체계적으로 매일매일 따라 했던 그 행복한 시간은 대략 두 달 반에서 석 달 정도 지속되었습니다. 그러고 나서 예상치도 않게 완전히 녹초가 된 순간이 찾아왔습니다. 갑자기 제가 또다시 무의 상황에 놓여 있더군요. 각각의 시합을 스무 번 혹은 서른 번 정도 두고 나니 이내 신선하고 깜짝 놀랄 만했던 매력을 잃어버리고, 이전에 그렇게 활기차고 고무적이었던 힘이 바닥나버린 겁니다. 한 수 한 수 이미 오래전에 외워서 알고 있는 시합들을 다시, 또다시 되풀이하는 것이 무슨 의미가 있었겠습니까? 첫 수를 두자마자 그 경기의 판도가 마치 자동장치처럼 제 안에서 툭 튀어나왔지요. 더는 놀랄 일도, 긴장감도, 문제점도 없었습니다. 뭔가에 몰입하기 위해선, 그리고 이제 없어서는 안 될 긴장감과 기분전환할 거리를 얻기 위해선 다른 시합들이 수록된 다른 책이 필요했습니다. 하지만 그것은 완전히 불가능했기 때문에 그렇듯 광적인 상황에서는 한 가지 길밖에 없었습니다. 제가 직접 새로운 경기들을 만들어내는 거였죠. 저는 저와 함께, 아니 오히려 저에 맞서서 체스를 두려고 애썼습니다.

당신이 게임들 중, 특히 체스를 둘 때의 정신 상태에 대해 어느 정도까지 생각해보았는지는 모르겠습니다. 하지만 피상적으로 생각해보아도 충분히 알 수 있는 것은, 체스란 우연과는 동떨어진 순전한 두뇌싸움인지라 자기 자신과 맞서서 게임을 한다는 건 부조리하다는 거죠. 체스의 매력은 기본적으로 두 사람의 상이한 두뇌에서 전략이

나온다는 데 있거든요. 이를테면 이런 두뇌싸움에서는 검은 말이 그 때그때 흰 말의 술수를 알 수 없고 항상 추측할 뿐이며 그걸 막으려고 하지요. 반면에 흰 말은 검은 말의 숨은 의도를 앞질러 내다보며 방해하려고 애쓴다는 데 그 매력이 있거든요. 그런데 검은 말과 흰 말이 동일한 사람이라면 모순되는 상황이 벌어지는 겁니다. 하나의 두뇌가 뭔가를 알아야 하는 동시에 또 몰라야 하는 상황 발입니다. 다시 말해 상대인 흰 말의 역할을 하면서 일 분 전에 검은 말로서 의도했던 바를 완전히 잊어야 하는 상황이 벌어집니다. 그러한 이중적인 사고는 사실 의식의 완전한 분열을 전제로 합니다. 기계장치처럼 뇌의 기능을 임의로 열었다 닫았다 할 수 있어야 한다는 겁니다. 자기 자신을 상대로 게임을 하려는 것이 체스에서는 자신의 그림자를 뛰어넘으려는 것과 같은 역설을 의미합니다.

그러니까 간단히 말하자면, 절망에 빠져 있던 수개월 동안 이런 불가능한 짓, 이런 부조리한 짓을 제가 시도했다는 겁니다. 하지만 진짜 망상증이나 정신병적인 신경쇠약에 걸리지 않기 위해선 이러한 모순 이외에 다른 선택의 여지가 없었습니다. 그 당시 끔찍한 상황으로 인해서 하나의 자아는 검은 말로, 그리고 다른 자아는 흰 말로 분열하지 않을 수 없었답니다. 제 주위의 소름 끼치는 무에 질식하지 않기 위해서 말입니다."

B박사는 몸을 뒤로 젖혀 비치의자에 기댄 다음, 잠시 눈을 감았다. 마치 심란한 기억을 애써 누르려는 듯했다. 또다시 왼쪽 입가에 기이한 경련이 일었다. 그가 어쩔 줄 몰라하며 비치의자에서 몸을 일으켜 세웠다.

"그렇습니다. 여기까지 모든 것을 제법 이해가 가도록 당신에게 설명했기를 바랍니다. 하지만 유감스럽게도 그 이후의 일들까지 눈에 보이듯 생생하게 이야기할 수 있을지 자신이 없군요. 어쨌든 새롭게 몰두한 일은 두뇌의 절대적인 긴장을 요구했기 때문에, 그와 동시에 자기를 통제하기란 불가능했습니다. 자기 자신을 상대로 체스를 두려고 하는 것은 난센스라고 이미 말씀드렸지요. 그렇지만 그런 부조리한 짓 자체도 눈앞에 진짜 체스보드를 두고 한다면 아무튼 최소한의 기회는 가질 수도 있을 겁니다. 체스보드가 그 실재성으로 인해 어쨌든 어느 정도의 거리감, 생각을 머릿속 상상에서 물리적으로 보드에 옮겨놓는 것을 허용할 테니까요. 진짜 체스 말을 가지고 진짜 체스보드 앞에 앉으면 골똘히 생각하느라 게임을 잠시 중단할 수도 있고, 순전히 육체적으로 때론 테이블의 이쪽에서, 때론 저쪽에서 할 수도 있어요. 그러면 각각 검은 말과 흰 말의 입장에서 상황을 주시할 수 있을 겁니다. 그러나 저의 경우에는 저 자신에 맞서, 아니 완곡한 표현을 원하신다면 저 자신과 함께하는 싸움들을 부득이하게 상상의 공간에 투사시킨 채, 예순네 칸 위의 형세를 그때그때 의식 속에 분명하게 붙들고 있을 수밖에 없었습니다. 게다가 지금 당장의 판세뿐 아니라 양쪽이 앞으로 둘 수 있는 수까지 미리 계산해야만 했지요. 이 모든 것이 얼마나 황당하게 들릴지 압니다만, 그러니까 전 이중, 삼중으로 상상을 해야 했던 겁니다. 아니, 저 자신이 검은 말과 흰 말 역할을 하면서 항상 네댓 수 앞질러 생각하려면 여섯 배, 여덟 배, 열두 배쯤 상상을 해야만 했지요. 당신한테 이런 미친 짓을 곰곰이 생각하도록 무리하게 요구하고 있는 저를 용서하십시오. 저는 게임을 할 때 상상의 추상적인 공간에서 흰 말 역할을 하며 네댓 수 앞서 계산해야 했고, 마찬가지로 검은 말 역할을 하면서도 그렇게 해야 했어요. 그러니까 그때그때 일어날 수 있는 모든 상황을 두 개의 뇌로, 즉 흰 말과 검은 말의 뇌로 어느 정도 미리 연결시키며 생각해야 했습니다. 그래도 그런 자아의 분열 자체는 아직 극도로 위험한 상황은 아니었습니다. 오히려 제가 시합을 직접 만들어내려 했을 때, 갑자기 발밑의 토대를 잃어버리고 바닥 없는 심연으로 빠져든 것이 가장 위험했지요. 그전에 여러 주 동안 연습했듯이, 대가들의 시합을 단순히 따라 하는 것은 복제능력 이외에 아무것도 아니었습니다. 주어진 소재를 단순히 반복하는 것이어서 그 자체는 시를 외우거나 법조문을 암기할 때보다 더 쉬웠습니다. 그것은 제한되고 단련된 활동으로서 탁월한 정신훈련이라고 할 수 있어요. 저는 아침에 두 판, 저녁에 두 판을 연습했고, 이것이 어떤 감정도 불러일으키지 않고 처리하는 정해진 일과가 되었습니다. 그런 체스 연습이 보통의 일상사를 대신했던 겁니다. 게다가 한 판을 두는 과정에서 헷갈리거나 잘 모를 때는 항상 그 책을 의지할 수 있었습니다. 그런 활동은 불안정한 신경을 치유하는, 아니 마음을 진정시켜주는 것이었습니다. 낯선 경기들을 모방해서 두면 그 게임에 개입하지 않아도 되거든요. 검은 말이 이기든 흰 말이 이기든, 아무 상관이 없으니까요. 챔피언의 월계관을 두고 싸움을 벌였던 건 알레킨이나 보골류보프였지요. 저 자신, 저의 이성, 저의 영혼은 오직 관객으로서, 체스를 좀 아는 사람으로서 모든 시합의 반전과 묘미를 즐겼을 뿐입니다. 하지만 저 자신을 상대로 체스를 두고자 했던 그 순간부터 저에 대한 도전이 시작됐던 겁니다. 둘로 나뉜 저 자신, 즉 검은 말의 나와 흰 말의 나는 서로 경쟁할 수밖에 없었고, 각자 이기고 자 하여 공명심과 불안감에 빠졌습니다. 검은 말의 나는 흰 말의 내가 어떻게 움직일지 그 수를 알려고 열을 올렸지요. 둘로 나뉜 나 자신 중 하나는 다른 내가 실수라도 할라치면 쾌재를 부르고, 또 다른 나는 자신의 서투른 기술에 격분했습니다.

그 모든 게 정말 어처구니없는 일이지요. 사실 정상인이라면 그러한 인위적인 정신분열, 즉 위험한 흥분 상태에서 일어나는 그런 의식의 분열은 생각할 수 없을 겁니다. 그러나 잊지 말아야 할 것은, 전 모든 정상적 상황에서 격리되어 죄 없이 감금된 수감자로서, 수개월 동안 교묘하게 고독으로 고문당하면서 쌓이고 쌓인 분노를 오래전부터 어떤 것에든 터뜨리고 싶어했다는 겁니다. 게다가 저 자신을 상대로 말도 안 되는 게임을 하는 것 이외에는 달리 할 일이 없었기 때문에 분노와 복수의 욕구를 광적으로 그 게임에 쏟아부었던 거죠. 제 안에 있는 그 무언가는 정말 지키고 싶었습니다. 그러나 싸울 수 있는 상대는 제 안에 있는 또 다른 저밖에는 없었습니다. 그래서 체스를 두는 동안 거의 병적인 흥분 상태로 점점 더 빠져든 겁니다. 처음에는 그래도 침착하게 깊이 생각했고, 한 판을 두고 나서 다음 판을 두기 전에 쉬는 시간을 안배하여 긴장을 풀려고 했지요. 그러나 날카롭게 곤두선 신경들은 점차 저에게 기다리는 여유를 허용하지 않았어요. 흰 말의 내가 한 수를 두자마자 검은 말의 내가 열을 내며 앞으로 불쑥 튀어나옵니다. 한 판이 끝나면 곧바로 다음 시합에 도전하고요. 매번 둘로 나뉜 저 자신 중 하나가 이기면 또 다른 하나가 복수전을 요구했기 때문입니다. 그 지칠 줄 모르는 광기로 인해 몇 달 동안, 감방 안에

서 저를 상대로 체스를 도대체 몇 판이나 두었는지 대충이라도 말할
수 있을지 모르겠어요. 천 번쯤 될까, 아니 어쩌면 그 이상일 겁니다.
그건 제가 어찌해볼 수 없는 광적인 집착이었어요. 이른 아침부터 밤
까지 저는 비숍, 폰, 룩, 킹이라든지 a, b, c라든지 혹은 체크메이트나
캐슬링* 말고 다른 것은 전혀 생각하지 않았습니다. 제 몸과 마음을
다해서 체크무늬의 정사각형 보드에 저 자신을 박아놓은 것과 다름
없었지요. 게임의 즐거움이 게임의 욕망이 되었고, 게임의 욕망이 다
시 게임의 강박과 광기와 광적인 분노가 되어 깨어 있는 시간뿐 아니
라 점차 잠자는 시간까지 파고들었습니다. 전 오로지 체스만 생각했
습니다. 체스의 행마와 관련한, 오직 그 문제만을 생각했지요. 때때로
이마가 식은땀으로 젖은 채 잠에서 깨어나기도 했고, 심지어 자면서
도 무의식적으로 체스를 계속 두는 것이 확실했습니다. 꿈을 꿀 때도
사람들이 움직이는 비숍이나 룩, 혹은 전진하고 후퇴하는 나이트의
모습으로 나타났어요. 신문을 받으러 불려갔을 때도 그전처럼 간결
한 답변을 생각해낼 수 없었습니다. 마지막 몇 번의 신문에서는 분명,
꽤 혼란스럽게 표현했던 것 같아요. 신문을 하던 사람들이 때때로 의
아해하며 서로 쳐다보곤 했거든요. 하지만 그 사람들이 묻고 토의하
는 동안에도 저는 사실 제 게임, 그 미친 게임을 계속하고 새로운 판,
그리고 또 한 판, 그리고 또다시 한 판을 더 두려는 탐욕에 사로잡혀
오로지 제 감방으로 다시 돌아가기만을 기다렸답니다. 그게 무엇이
든, 게임을 중단시키는 건 모두 방해로 느껴졌습니다. 감시인이 감방

---

* 킹과 룩의 위치를 바꾸는 수.

을 청소하는 십오 분도, 음식을 넣어주는 이 분조차도, 저는 열에 들뜬 초조함으로 고통스러웠습니다. 때론 저녁식사가 담긴 그릇에 전혀 손도 대지 않은 채 놔둘 때도 있었어요. 체스를 두느라 식사하는 것도 잊었거든요. 제가 육체적으로 유일하게 느꼈던 것은 끔찍한 갈증이었습니다. 그건 아마도 게임을 할 때 끊임없이 생각하면서 나타난 발열 탓이었을 겁니다. 전 물 한 병을 벌컥벌컥 두 번에 다 마셔버리고 감시인을 자꾸 귀찮게 했지요. 그런데도 금방 입 안의 혀가 다시 마르는 걸 느꼈답니다. 체스를 두면서 흥분이 점점 더 고조되었어요. 아침부터 밤까지 아무것도 하지 않았지요. 한순간도 가만히 앉아 있을 수 없을 정도가 되었습니다. 체스 경기들을 곰곰이 생각하는 동안 쉴 새 없이 왔다 갔다 했습니다. 점점 빨리, 더 빨리, 그보다 더 빨리 이리저리 왔다 갔다 했고, 판세가 결정적으로 기울어지면 질수록 더더욱 격렬하게 왔다 갔다 했어요. 이기겠다는, 승리하겠다는, 저 자신을 물리치겠다는 욕망이 점점 변해가며 일종의 분노가 되었고, 초조함에 부르르 떨기까지 했습니다. 제 안에서 체스를 두는 한쪽의 나에 비해 다른 쪽의 내가 너무나 느려터졌기 때문입니다. 한쪽이 다른 쪽을 몰아붙였습니다. 당신에겐 너무나 우습게 들리겠지만, 저는 비방까지 했습니다. 한쪽이 즉각 반격하지 않으면 다른 쪽이 '더 빨리, 좀 빨리 하란 말이야' 아니면 '앞으로, 앞으로'라고 재촉했어요. 물론 그런 상태가 정신적으로 지나치게 과민해진 병적인 양상이었다는 것을 지금은 잘 알고 있습니다. 그런 증상을 지금까지 의학적으로 널리 알려지지 않은 '체스중독증'이라 해야 할지, 다른 이름은 찾지 못했습니다. 결국 편집증적인 집착이 저의 머리뿐 아니라 몸까지 해치기 시작했지요.

저는 점점 말라갔고, 불안해서 잠을 잘 못 잤어요. 깨어날 때는 늘 납덩이처럼 무거운 눈꺼풀을 억지로 밀어올리려고 애를 써야 했습니다. 물컵을 집어서 간신히 입술에 갖다 댈 때, 손이 덜덜 떨릴 정도로 약해졌다는 것을 번번이 느꼈습니다. 하지만 일단 게임을 시작하면 곧바로 야만적이고 거친 힘이 저를 엄습했습니다. 전 주먹을 쥐고서 왔다 갔다 했고, 때때로 붉은 안개 너머에서 들려오는 것 같은 저의 목소리를 들었습니다. 화가 난 듯한 저음으로 저에게 '체크' 혹은 '체크메이트'라고 소리 지르는 것도 들었지요.

차마 묘사할 수 없을 정도로 끔찍한 이런 상황이 어떻게 위태로운 지경에까지 이르게 됐는지는 사실 말씀드릴 수가 없습니다. 이 부분에 대해 제가 아는 것은, 어느 날 아침에 일어나 보니 평상시와 달랐다는 것이 전부이기 때문입니다. 제 몸이 마치 저 자신으로부터 분리된 기분이었어요. 전 부드럽고 편안하게 쉬고 있더군요. 몇 달 동안 느껴보지 못했던 뻐근하면서도 기분 좋은 피곤함이 양쪽 눈꺼풀 위에 드리워졌지요. 그 피곤함이 너무 따뜻하고 편안해서 처음에는 눈을 뜰 생각조차 할 수 없을 정도였어요. 벌써 몇 분 전에 깨었지만 감각이 기분 좋게 마비된 채 포근하게 누워 있는 그런 묵직하고 둔중한 상태를 즐겼습니다. 갑자기 제 등 뒤에서 목소리가 들리는 듯했습니다. 그런데 말을 하는 건 살아 있는 사람들이었어요. 제가 얼마나 놀랐는지 당신은 상상도 할 수 없을 겁니다. 수개월 동안, 거의 일 년이 되어가도록, 딱딱하고 날카롭고 악의적인 신문관석의 목소리 외에 다른 것은 듣지 못했으니까요. '넌 꿈을 꾸고 있는 거야.' 전 혼잣말을 했습니다. '꿈을 꾸고 있는 거야! 절대 눈을 뜨지 마! 꿈을 좀더 꾸자,

이 꿈 말이야. 그렇지 않으면 네 주위엔 다시 그 저주받은 감방과 그 의자, 그 세면대, 그 테이블, 끝없이 똑같은 무늬가 그려진 벽지가 보일 테니까. 넌 꿈을 꾸고 있는 거야. 계속 꾸자고!'

그렇지만 결국 호기심이 더 컸습니다. 서서히 조심스럽게 눈을 떴는데…… 기적이 일어났습니다. 제가 있는 곳은 다른 방이었어요. 그 호텔 감방보다 더 넓고 큰 방이었지요. 창살 없는 창으로 햇빛이 들어왔고, 견고한 방화벽 대신에 나무가, 바람에 산들거리는 나무들이 시야에 잡혔습니다. 벽은 하얗고 반짝반짝 윤이 났습니다. 제 위로 천장도 하얗고 높았지요. 정말로 전 새로운, 낯선 침대에 누워 있었던 겁니다. 실제로 말이에요. 그건 꿈이 아니었어요. 제 뒤에서 사람들이 나지막하게 속삭이는 소리가 들렸습니다. 깜짝 놀라서 나도 모르게 몸을 격렬히 움직였던 것 같아요. 제 뒤에서 누군가 벌써 이쪽으로 다가오는 발소리를 들었으니까요. 어떤 여자가 부드럽고 나긋나긋하게 다가왔습니다. 머리 위에 하얀 캡을 쓴 여자, 간호사였습니다. 놀라움에 전율이 제 온몸을 타고 흘렀지요. 일 년 전부터 여자를 본 적이 없었으니까요. 전 그 우아한 모습을 뚫어져라 쳐다보았습니다. 그건 억제하기 힘든 황홀한 시선이었던 것 같아요. '가만! 가만히 계세요'라며 가까이 다가오던 그녀가 저를 다급히 진정시켰거든요. 하지만 전 그녀의 목소리에만 귀를 기울였답니다. 정말 사람이 말을 하는 것일까? 나를 신문하지 않는 사람, 나를 괴롭히지 않는 사람이 이 땅 위에 정말 있는 것일까? 게다가 부드럽고 따뜻하며 나긋나긋하기까지 한 여자의 목소리라니, 이해할 수 없는 기적이 아닌가! 탐욕스럽게 그녀의 입술을 바라보았습니다. 이 지옥 같은 시간에 한 사람이 다른 사람에게 선량하게 말할 수 있다는 것이 제가 보기엔 있을 수 없는 일 같았기 때문입니다. 그녀가 제게 미소를 지었습니다. 그래요, 미소를 지었어요. 선량하게 미소 지을 수 있는 사람이 아직 있었던 겁니다. 그녀는 주의를 주듯 손가락을 입술에 대었다가는 조용히 지나갔습니다. 그러나 그녀의 명령에 따를 수 없었습니다. 전 아직 그 기적을 실컷 보지 못했거든요. 침대에서 몸을 똑바로 일으켜 세우려고 애를 썼습니다. 그녀의 뒷모습을 보기 위해서요. 이 기적과도 같은 선량한 인간존재를 더 지켜보기 위해서 말입니다. 침대 가장자리를 붙들고 기대려 했으나 그럴 수가 없었습니다. 평상시라면 오른손가락과 관절이 있어야 할 곳에 뭔가 낯선 것, 두껍고 크고 하얀 압박붕대가, 분명히 두툼한 붕대가 느껴졌어요. 제 손에 있는 그 하얗고 두껍고 낯선 것에 놀라 멍하니 바라보았지만, 처음에는 어찌된 영문인지 이해할 수 없었습니다. 그러다 제가 어디에 있는지 서서히 이해되었지요. 저한테 무슨 일이 일어났던 것인지 곰곰이 생각했습니다. 틀림없이 누군가가 제게 상처를 입혔거나, 아니면 스스로 손을 다쳤던 것이겠지요. 전 병원에 있었던 겁니다.

정오에 친절한 중년신사로 보이는 의사가 왔습니다. 그는 우리 집안의 성씨를 익히 알고 있었고, 황제의 주치의인 삼촌에 대해 존경심을 갖고 언급하는 것으로 보아, 제게 친절하게 대한다는 느낌이 이내 들었지요. 그런 다음에 그가 이런저런 질문들을 던졌는데, 무엇보다도 놀라웠던 건 제가 수학자나 화학자가 아니냐는 것이었습니다. 저는 아니라고 했지요.

'그것 참 특이하군요!' 그는 중얼거렸습니다. '고열 상태에서 당신이 계속 기이한 공식들을 소리 높여 외쳤거든요. c3! c4! 우리는 그걸 하나도 알아들을 수가 없었어요.'

대체 나에게 무슨 일이 있었던 건지 물어보았습니다. 그는 묘하게 미소 지었어요.

'심각한 건 아닙니다. 급성 신경과민 증상입니다.' 그는 조심스럽게 주위를 살펴본 뒤에 나지막이 덧붙였어요. '결과적으로 보자면 정말 이해가 가는 증세죠. 3월 13일 이후로 말입니다. 그렇지 않나요?'

저는 고개를 끄덕였습니다.

'이런 식이라면 놀랄 일도 아니지요.' 그가 중얼거리더군요. '당신이 처음이 아닙니다. 걱정하지 마세요.'

그가 저를 진정시키며 속삭이던 것이나 달래는 듯한 눈길로 보아 제가 그의 세심한 보호를 받고 있다는 것을 알게 되었습니다.

이틀 뒤 그 착한 의사가 저에게 무슨 일이 일어났었는지 상당히 솔직하게 설명해주더군요. 제가 감방에서 큰 소리를 지르는 것을 감시인이 들었는데, 처음엔 누군가가 침입해서 저와 싸운다고 생각했답니다. 그런데 그가 문에 나타나자마자 제가 달려들더니 거칠게 소리를 질렀답니다. '자, 한번 움직여보시지, 이 악당아! 이 겁쟁이야.' 이와 비슷하게 들렸답니다. 그러더니 그의 목을 붙잡으려고 거칠게 달려드는 바람에, 결국 도와달라고 소리치지 않을 수 없는 지경이었답니다. 의사의 진단을 받으려고 미쳐 날뛰는 저를 끌고 가는데, 제가 갑자기 몸을 뿌리치고 복도의 창가로 달려가 유리창을 깨뜨렸답니다. 그때 손을 다쳤고요. 여기 깊은 흉터가 당신 눈에도 보이지요? 병원에서 처음 며칠은 뇌열에 시달렸지만, 의사는 제 감각기관이 완전히 정상이라고 하더군요. 그러면서 그가 나지막한 소리로 말하더군요. '물론 진단 결과는 지도부에 아예 보고하지 않을 겁니다. 보고하면 그자들이 당신을 또다시 그리로 돌려보낼 테니까요. 저를 믿으세요. 최선을 다하겠습니다'라고 말입니다.

저를 도와주려고 한 의사가 저를 괴롭히는 자들에게 뭐라고 보고했는지 알 수 없지만, 아무튼 그의 의도대로 되었고, 저는 석방되었습니다. 그가 저에 대해 정상이 아니라고 설명했을 수도 있고, 아니면 그 사이에 히틀러가 보헤미아를 점령하면서 오스트리아는 이미 끝난 거나 마찬가지였기 때문에 게슈타포에게 제가 중요하지 않은 존재가 되었는지도 모릅니다. 그래서 저는 십사 일 이내로 고향을 떠나겠다는 서약서에 서명만 하면 되었습니다. 십사 일간은 한때 세계시민이었던 사람이 외국에 가는 데 필요한 수천 가지 서류를 준비하느라 다 보냈어요. 군필증명서, 경찰서의 증빙서류, 납세필증, 여권, 비자, 건강진단서 같은 서류들 말입니다. 그래서 지나간 일에 대해 깊이 생각하며 되돌아볼 시간이 없었습니다. 짐작건대 우리 뇌에는 신비하게도 조절 기능이 작동해서 영혼에 부담이 되고 위험한 것들은 자동적으로 차단해주는 것 같습니다. 그 호텔 감방 시절을 되돌아보려고 하면 항상 저의 뇌 속에서, 말하자면 빛이 꺼져버리는 것 같았으니까요. 몇 주가 지나고 또다시 몇 주가 지나, 여기 이 배 위에서야 비로소 저한테 무슨 일이 일어났었는지 생각해볼 용기를 갖게 되었습니다.

제가 왜 당신 친구분들에게 그렇게 무례한, 혹은 이해할 수 없는 행동을 했는지 이젠 이해하실 겁니다. 정말 우연히 흡연실을 지나 어슬렁어슬렁 거닐고 있을 때, 당신 친구들이 체스보드 앞에 모여 앉아 있는 것을 보았습니다. 놀랍고 두려운 나머지 저도 모르게 뿌리 박힌 듯 꼼짝달싹할 수 없었어요. 전 사람들이 진짜 체스보드 위에서 진짜 말을 가지고 체스를 둘 수 있다는 사실을 까마득히 잊었습니다. 체스는 완전히 다른 두 사람이 서로 마주보고 앉아서 두는 것이란 사실도 잊었습니다. 체스를 두는 사람들이 저기서 하고 있는 것, 그것이 제가 아무 의지할 것 없는 상태에서 수개월 동안 저 자신을 상대로 했던 바로 그 게임이라는 것을 떠올리는 데 정말 몇 분이 걸렸습니다. 제가 지나치다 싶을 정도로 격렬하게 연습하면서 사용했던 암호들은 그저 대용물로서, 상아로 만든 그 물건들의 상징일 뿐이었습니다. 체스보드 위에서 말들을 미는 동작이 제가 사유의 공간에서 상상하며 두던 것과 동일하다는 데 놀라지 않을 수 없었습니다. 그건 어쩌면 천문학자가 종이 위에서 복잡한 방법으로 새로운 혹성에 도달하고 나서, 실제로 그 혹성을 하늘에 떠 있는 하얗고 분명한 물질적인 별로 바라볼 때 느끼는 놀라움과 비슷할 것입니다. 마치 자석에 달라붙은 듯 보드를 뚫어져라 쳐다보았고, 거기에서 제가 상상했던 나이트, 룩, 킹, 퀸, 폰 등의 도형들이 나무로 만들어져 있는 것을 보았습니다. 시합의 판세를 전체적으로 내다보기 위해 저는 무의식적으로 추상적인 숫자의 세계를 움직이는 체스 말의 세계로 바꿔놓아야만 했습니다. 두 사람이 두는 진짜 게임을 관찰하고 싶은 호기심이 점차 저를 사로잡았습니다. 그래서 그때 예의도 잊은 채 당신들의 시합에 끼어드는 난감한 상황을 자초하게 된 겁니다. 당신 친구가 한 수를 잘못 둔 것이 마음에 비수처럼 꽂혔고, 난간 너머로 몸이 넘어가는 아이를 미처 생각할 겨를도 없이 붙잡는 것처럼 순전히 본능적으로 그를 막으려 한 것입니다. 제가 주제넘게 끼어들어 거칠고 무례하게 굴었다는 것을 나중에야 깨달았어요."

나는 얼른 이런 우연 덕분에 당신을 알게 되어 우리 모두가 얼마나 기쁜지 모르겠다고 말했다. 그리고 나를 믿고 지난 이야기를 다 들려주니 즉흥적으로 결정된 내일 시합에서 당신을 보는 것이 내겐 더욱 흥미로운 일이 될 거라고 B박사에게 확신을 심어주려 했다. B박사는 불안스레 움직였다.

"아닙니다. 정말 너무 많은 걸 기대하지 마십시오. 전 그저 연습 삼아 해보는 것뿐입니다. 제가…… 제가 정말 보통의 체스 시합을 할 수 있는지, 진짜 체스보드 위에서 실제 말들을 가지고 생생하게 살아 있는 상대와 체스를 둘 수 있는지 시험해보려는 겁니다. 제가 두었던 그 수백, 수천 번의 시합들이 실제로 규칙에 맞는 것이었는지, 꿈속에서 항상 그랬듯 중간 단계를 뛰어넘는 꿈속의 체스였는지, 열병에 걸린 상태에서 둔 체스는 아니었는지, 지금은 점점 더 의심스럽기 때문입니다. 그러니 제가 체스 챔피언, 그것도 세계 제일이라는 챔피언과 대적할 수 있다는 식의 지나친 기대는 정말 하지 마십시오. 제가 관심을 갖고 시도해보려는 건, 오로지 그때 호텔 감방에서 둔 것이 정말 체스였는지 아니면 그게 이미 광기였는지, 당시 제가 위험한 낭떠러지 바로 앞에 서 있었는지 아니면 이미 그걸 넘어섰는지를 확인하고 싶은 때늦은 호기심 때문입니다. 오직 이 때문에, 오직 이런 이유에서 해보겠다는 겁니다!"

그때, 배 한쪽 끝에서 저녁식사를 알리는 징소리가 울려 퍼졌다. 우리는—B박사의 이야기는 내가 여기에 요약한 것보다 훨씬 더 자세했으니까—거의 두 시간을 이야기한 것 같았다. 나는 그에게 감사의 인사를 하고 헤어졌다. 그런데 채 갑판을 벗어나기도 전에 그가 내 뒤를 따라와 신경이 곤두선 모습으로, 게다가 좀 더듬기까지 하면서 말했다.

"한 가지만 더요! 혹시 나중에 무례하게 보일 수도 있으니 신사분들에게 제가 딱 한 판만 둘 거라고 미리 알려주시기 바랍니다. 그 한 판은 지난 일에 대한 결산 이외에 아무것도 아닙니다. 최종적인 마무리이지 절대 새로운 시작이 아니라는 것이지요. 그런 격렬한 게임 열병에 두 번 다시 빠지고 싶지 않습니다. 그걸 돌이켜 생각하는 것조차 끔찍합니다…… 말이 나온 김에 덧붙이자면…… 당시 의사가 저에게 경고했거든요…… 분명히 경고했어요. 광기에 한번 걸려든 사람이라면 언제든 또 그럴 위험성이 있다는 겁니다. 아무리 완치되었다고 해도 체스중독증이었던 경우는 아예 체스보드를 가까이하지 않는 게 좋지요…… 그러니까 저를 시험하기 위해 이번 한 번만 시험적으로 하고 그 이상은 하지 않을 겁니다. 이해해주십시오."

다음날 우리는 약속한 세시 정각에 흡연실에 모였다. 왕실의 예술 애호가 두 명이 우리 그룹에 합세했는데, 그들은 시합을 지켜보기 위해 선상근무 휴가를 낸 해군 장교들이었다. 첸토비치는 전날처럼 우리를 기다리게 하지 않았다. 관례대로 색깔을 정한 뒤 유명한 세계 챔피언에게 도전하는 결코 알려지지 않은 한 사람의 기념비적인 대국이 시작되었다. 그 시합이 전적으로 우리같이 자격 없는 관람객들만을 위해 치러져서, 시합 내용이 체스 전문 연감에 수록되지 못한 것이 유감이다. 베토벤의 피아노 즉흥곡들이 음악사에 수록되지 못한 것과 마찬가지로 말이다. 그 오후의 시합을 우리가 함께 기억해서 재구성하려고 시도해보긴 했지만 헛수고였다. 게임이 진행되는 동안, 우리는 과정 자체보다 체스를 두는 두 사람을 너무 열광적으로 주목했던 것 같다. 두 사람의 자세에서 보이던 정신적인 대조는 시합이 진행되면서 점점 더 육체적으로도 분명하게 나타났다. 노련한 체스꾼인 첸토비치는 시합하는 내내 통나무처럼 꼼짝도 하지 않았다. 엄중하면서미동도 하지 않고 두 눈을 체스보드에 내리꽂은 채 말이다. 그에게 곰곰이 숙고한다는 건, 극단적으로 집중하기 위해서 모든 기관을 곤두세우는 육체적 긴장을 의미하는 것 같았다. 이와 달리 B박사는 완전히 느슨하고 자연스럽게 움직였다. 진정한 딜레탕트! 이 말이 지닌 가장 아름다운 의미인 유희, 즉 게임에서 오직 유희적인 기쁨만을 느끼는 딜레탕트로서 그는 몸을 아주 편안하게 했다. 첫번째 쉬는 시간에는 우리와 수다를 떨고 가볍게 담배에 불을 붙이기도 하다가, 자기 차례가 되면 체스보드를 아주 잠깐 쳐다볼 뿐이었다. 그는 매번 상대의 수를 미리 예상하기라도 한 것처럼 보였다.

관례적인 오프닝 게임은 상당히 빨리 진행되었고, 일곱번째 여덟번째 수에서야 비로소 특별한 전략 같은 것이 전개되는 듯했다. 첸토비치는 생각하는 시간을 점점 더 길게 잡았다. 선점을 위한 본격적인 싸움이 바로 여기에서 벌어지기 시작했다는 것을 우리는 감지했다. 사실대로 말하자면, 그 다음 상황은 우리 같은 문외한에겐 진짜 대국처럼 상당히 실망스러운 것이었다. 체스 말들이 특이한 무늬를 그리며 서로서로 얽혀갈수록, 우리는 그 판세를 더욱더 꿰뚫어보지 못했다. 한쪽이 무슨 의도를 가지고 있는지, 다른 쪽은 또 무엇을 의도하는지,

그리고 둘 중에 누가 더 유리한지 감조차 잡을 수 없었다. 우리는 그저 각각의 말들이 적의 전선을 뛰어넘기 위해 지렛대처럼 옮겨지고 있다는 것만 알아차릴 뿐—탁월한 이 두 선수의 경우 모든 움직임이 항상 여러 수를 앞서 연결되기 때문에—이렇게 밀고 당기는 전략적 의도를 파악할 수 없었다. 게다가 몸이 점차 마비되는 듯한 피곤함도 가세했다. 그것은 주로 첸토비치가 생각하기 위한 휴식시간을 무한정 늘렸기 때문인데, 이로 인해 우리 친구도 눈에 띄게 당혹스러워하기 시작했다. 시합이 늘어지면 늘어질수록 점점 더 불안하게 의자 위에서 이리저리 몸을 뒤척이더니, 때로는 신경이 극도로 예민해져 줄담배를 피우고, 때로는 뭔가를 적으려 연필을 잡곤 하는 모습을 나는 불안스레 바라보았다. 그러고 나서 그는 물을 시켰고, 연거푸 몇 잔을 벌컥벌컥 들이켰다. 분명한 것은 그가 첸토비치보다 백 배는 더 빨리 다음 수를 두었다는 점이다. 첸토비치가 오래오래 생각한 끝에 묵직한 손으로 어떤 말을 앞으로 밀면, 우리 친구는 마치 오래전부터 예상했던 것이 적중했다는 것처럼 미소 지으며 이내 되받아쳤다. 머릿속에서 빠르게 작동하는 이성으로 상대방의 가능한 모든 수를 미리 계산했음이 틀림없었다. 그래서 첸토비치가 결정을 오래 끌면 끌수록 그는 점점 더 초조해했고, 기다리는 동안 화가 나서 입술 주위에 적대감이 역력하게 나타났다. 그렇지만 첸토비치는 결코 서두르지 않았다. 그는 고집스럽게 말없이 숙고했고, 자신의 말들이 영역을 빼앗기면 빼앗길수록 생각하는 시간은 점점 더 길어졌다. 마흔두번째 수를 두었을 때, 그러니까 족히 두 시간 사십오 분 정도가 지난 뒤 우리는 지쳐서 시합엔 거의 관심을 두지 않은 채 테이블 주위에 앉아 있었다. 해군 장교 중 한 명은 이미 자리를 떴고, 나머지 한 명은 책을 집어들고 읽다가 뭔가 변화가 있을 때만 잠깐 눈길을 돌리곤 했다. 그런데 첸토비치가 한 수 놓으려고 하자 갑자기 예상 밖의 일이 벌어졌다. 첸토비치가 나이트를 전진시키려고 말에 손을 대자 B박사가 마치 뛰어오르기 직전의 고양이처럼 몸을 잔뜩 웅크렸다. 그는 온몸을 부들부들 떨기 시작했고, 첸토비치가 나이트를 움직이자마자 쏜살같이 퀸을 전진시키고는 큰 소리로 의기양양하게 말했다. "자, 이제 끝났소!" 그러고는 몸을 뒤로 젖혀 기대고 팔짱을 낀 채 도전적인 시선으로 첸토비치를 바라보았다. 그의 동공에서 갑자기 뜨거운 빛이 비치는 듯했다.

어느새 우리도 체스보드 위로 허리를 굽혀 들여다보며 그렇게 의기양양해하는 수가 어떤 것인지 이해해보려고 했다. 얼핏 보아서는 직접적인 위협이 전혀 드러나지 않았다. 우리 친구의 게임 아웃 통지는 우리같이 생각이 짧은 딜레탕트는 아직 이해할 수 없는 몇 수 뒤의 상황을 염두에 둔 것이 분명했다. 첸토비치만이 유일하게 그런 도전적인 통보에 전혀 꿈쩍도 하지 않았다. 그는 '이제 끝났다'는 모욕적인 말을 듣지 못한 사람처럼 꼼짝 않고 앉아 있었다. 아무 일도 일어나지 않았다. 모두가 무의식적으로 숨죽이고 있었기 때문에 행마시간을 재려고 테이블 위에 놔둔 시계가 똑딱거리는 소리가 갑자기 들렸다. 삼 분이 지나고 칠 분, 팔 분이 지났다. 첸토비치는 미동도 하지 않았다. 하지만 내가 보기에 속으로는 긴장해서 두툼한 콧구멍이 더크게 벌름거리는 듯했다. 우리의 친구는 말없이 기다리는 이 시간을 우리 못지않게 참을 수 없어했다. 갑자기 그가 벌떡 일어서더니 흡연실을 이리저리 왔다 갔다 하기 시작했다. 처음에는 천천히, 조금 뒤엔 더 빨리, 그러다가 점점 더 빨라졌다. 모두가 놀라서 그를 바라보기는 했지만 누구도 나만큼 불안해하지는 않았을 것이다. 그가 아무리 급히 왔다 갔다 해도 그 걸음걸이가 늘 동일한 간격으로 공간을 재고 있다는 것이 내 눈에 띄었기 때문이다. 마치 빈방 한가운데서 보이지 않는 횡목에 부딪혀 돌아설 수밖에 없는 것만 같았다. 과거에 그가 호텔 감방에서 왔다 갔다 했던 것을 무의식적으로 재현하고 있다는 것을 알아차리고 전율을 느꼈다. 수개월간 감금되었을 때 바로 저렇게, 흡사 우리에 갇힌 동물처럼 왔다 갔다 했음이 틀림없었다. 저렇게 두 손은 경련을 일으키는 듯하고 어깨는 구부정하게 구부린 자세로 말이다. 바로 저런 모습으로, 시선이 고정되어 움직이진 않지만 열이 나는 눈빛에 붉은 광기마저 감도는 저 모습으로, 그는 그곳에 수천 번을 왔다 갔다 한 것이 분명했다. 하지만 그의 사고력은 여전히 아무 문제가 없어 보였다. 때때로 테이블 쪽으로 몸을 돌려 첸토비치가 그사이 어떤 결정을 내렸는지 초조하게 쳐다보았기 때문이다. 그러나 구분이 지나고 십 분이 지났다. 그리고 마침내 우리들 중 그 누구도 예상하지 못한 일이 벌어졌다. 첸토비치가 지금까지 미동도 없이 테이블 위에 올려둔 묵직한 손을 서서히 들어올렸다. 우리 모두 긴장해서 그의 결정을 지켜보았다. 그런데 첸토비치는 한 수를 두는 것이 아니라 손등으로 단호하게 모든 말들을 보드에서 천천히 밀어냈다. 잠시 뒤에 우리는 비로소 첸토비치가 시합을 포기했다는 것을 알았다. 그는 우리 앞에서 체크메이트를 당하는 모습을 보이지 않으려고 항복한 것이었다. 있을 수 없는 일이었다. 세계 챔피언으로서 무수한 시합을 휩쓸어온 체스의 달인이 이십 년 혹은 이십오 년간 체스보드에 손도 대지 않았다는 무명씨에게 백기를 든 것이다. 알려지지 않은 익명의 우리 친구가 이 세상에서 가장 막강한 체스 선수를 공개시합에서 이긴 것이다!

그 사실을 알아차리지도 못한 채 우리는 흥분해서 하나둘 차례로 자리에서 일어났다. 우리가 기쁨을 발산할 수 있도록 뭐라고 말하거나 행동했어야 하는데 첸토비치는 그러지 않았다. 미동도 하지 않으면서 여전히 침착하게 있는 유일한 사람이 첸토비치였다. 어느 정도 시간이 지나자 그가 고개를 들어 우리 친구를 냉정한 눈길로 바라보았다.

"한 판 더 둘까요?" 그가 물었다.

"물론이지요." B박사가 흥분해서 대답했다. 나는 불안함을 느꼈다. 한 판으로 끝내겠던 본래 의도를 상기시켜주기도 전에 그는 당장 자리 잡고 앉아 열을 내며 황급히 말들을 새로 배치하기 시작했다. 들뜬 상태로 서둘러 말을 옮기다 폰이 두 번씩이나 부들부들 떨리는 손가락 사이로 미끄러져 바닥에 떨어졌다. 부자연스러울 정도로 흥분한 그를 보고 있자니 좀 전에 느꼈던 불안감이 점점 커져서 두렵기까지 했다. 그렇게도 조용하고 침착했던 사람이 눈에 띄게 신경질적으로 흥분하고 있었기 때문이다. 입가가 씰룩거리는 증상이 점점 더 빈번하게 나타났고, 급성 열병에 걸려 오한이 든 듯 몸을 부들부들 떨었다.

"하지 마세요!" 그에게 나지막이 속삭였다. "지금은 하지 마세요! 오늘은 이것으로 충분해요. 당신이 너무 힘듭니다."

"힘들다니요! 하!" 그는 큰 소리로 심술궂게 웃었다. "이렇게 꾸물 거리지만 않았다면 그 사이에 열일곱 판은 두었을 겁니다. 제가 힘든 건 이런 속도로 두면서 졸지 않으려고 애쓰는 것뿐입니다! 자, 이제 시작해보시지요!"

이 마지막 말을 그는 아주 격렬하게, 거친 어조로 첸토비치에게 던 졌다. 첸토비치는 그를 침착하고 태연하게 바라보았지만, 그 냉정한 눈빛엔 주먹을 불끈 쥔 심정과 같은 것이 엿보였다. 갑자기 두 사람 사이에 뭔가 새로운 것이 생겨났다. 위험한 긴장, 뜨거운 증오심이 그 것이었다. 이제 두 사람은 자신들의 능력을 유희적으로 시험하고자 하는 파트너가 아니었다. 그들은 적대적으로 상대를 물리치리라 맹세 하는 적수였다. 첸토비치는 첫번째 수를 두기 전에 오랫동안 망설였 다. 그가 의도적으로 그렇게 오래 망설인다는 느낌이 나를 사로잡았 다. 확실히 이 노련한 전략가는 그렇게 천천히 둠으로써 적수를 지치 고 혼란스럽게 한다는 것을 이미 간파한 듯했다. 그는 전체 오프닝 중 에서 킹 쪽에 있는 폰도 아닌 일반 폰을 두 칸 전진시키는 가장 평범 하고 간단한 수를 두면서 족히 사 분은 잡아먹었다. 우리 친구는 즉시 자신의 킹 쪽 폰으로 맞대응했다. 첸토비치는 다시금 무한한, 참을 수 없을 정도로 지리한 휴지기를 가졌다. 강력한 번개가 내리치고 나면 천둥이 언제 칠지 두근거리는 마음으로 기다릴 때와 같았다. 첸토비 치는 미동도 하지 않았다. 그는 조용히, 천천히 숙고했다. 내가 점점 더 확신하게 된 건, 그가 일부러 천천히 한다는 것이었다. 그러나 그 렇게 함으로써 내게 B박사를 관찰할 시간을 넉넉히 준 셈이었다. 그 는 벌써 물을 석 잔째 들이켰다. 그가 호텔 감방에서 열 때문에 갈증에 시달렸다는 이야기가 떠올랐다. 비정상적인 흥분의 증상들이 분명하게 드러났다. 이마에 식은땀이 흐르고, 손에 있는 상처가 더 붉어지고 더 뚜렷해지는 것이 보였다. 그래도 아직 자제력은 유지하고 있었다. 첸토비치가 네번째 수를 두고 또다시 하염없이 생각에 빠지자 그가 갑자기 자제력을 잃고 으르렁거렸다.

"벌써 한 번은 두었겠소!"

첸토비치가 냉담한 시선으로 그를 쳐다보았다. "내가 알기로 우린 한 수를 두는 데 십 분씩 갖자고 약속한 것 같은데요? 나는 본래 빨리 두지 않습니다."

B박사는 입술을 깨물었다. 테이블 밑에서 그의 구두굽이 불안하게, 점점 더 불안하게 바닥에 맞닿으며 다리를 떠는 것이 보였다. 뭔가 어처구니없는 일이 그에게 일어날 것 같은 예감이 압박해오자 나도 신경이 날카로워졌다. 실제로 여덟번째 수를 두었을 때 또 다른 우발적인 상황이 벌어졌다. 기다리면서 점점 더 자제력을 잃어가던 B박사가 더는 긴장감을 억누르지 못했다. 이리저리 몸을 뒤척이고 무의식적으로 테이블을 손가락으로 톡톡 치기 시작하자, 첸토비치가 다시 묵직하고 촌스러운 머리를 들어올렸다.

"톡톡 치지 좀 말아주세요. 거슬리는군요. 그러면 게임을 계속할 수 없잖습니까?"

"하!" B박사는 짧게 웃음을 터뜨렸다. "그렇겠지요."

첸토비치의 얼굴이 벌겋게 달아올랐다. "말하고 싶은 게 뭐죠?" 화가 나서 그가 날카롭게 물었다.

B박사는 또다시 짧고 심술궂게 웃었다. "아무것도 아니오. 다만, 당

신 신경이 아주 곤두서 있다는 것뿐이오."

첸토비치는 말없이 고개를 숙였다.

칠 분 후에야 그는 다음 수를 두었고, 이런 끔찍한 속도로 게임을 계속 질질 끌었다. 첸토비치는 점점 더 돌처럼 굳어가는 듯했다. 결국 그는 다음 수를 두기까지 합의한 휴식시간을 최대한 사용했고, 그 시간에 우리 친구의 행동은 더욱더 이상해졌다. 겉으로 보기엔 더는 시합에 참여하지 않고, 그 대신 뭔가 아주 다른 것에 몰두하는 것만 같았다. 그는 격렬하게 왔다 갔다 하던 것을 멈추고 꼼짝도 않은 채 자기 자리에 앉아 있었다. 미친 사람처럼 멍한 시선으로 허공을 뚫어져라 쳐다보면서 이해할 수 없는 말을 계속 중얼거렸다. 다음 수를 이어가는 데 몰입하고 있거나, 아니면 완전히 다른 게임을 만들고 있는 듯했다. 생각해볼 때 후자 같았다. 왜냐하면 첸토비치가 마침내 한 수를 둘 때마다 그를 환기시켜 정신을 차리게 했기 때문이다. 하지만 일 분 정도만 지나면 그는 곧 그런 상태로 돌아갔다. 그가 이미 오래전에 첸토비치와 우리를 잊고, 갑자기 격렬하게 폭발할 수도 있는 싸늘한 광기에 휩싸인 것은 아닐까 하는 의혹이 점점 더 나를 엄습했다. 실제로 열아홉번째 수를 둘 때 위기 상황이 벌어지고 말았다. B박사는 첸토비치가 말을 옮기자마자 갑자기 체스보드를 제대로 보지도 않고 자신의 비숍을 세 칸이나 앞으로 밀어놓고는 우리 모두가 움찔할 만큼 큰 소리로 외쳤다.

"체크! 킹에게 체크요!"

우리는 특별한 수를 기대하면서 체스보드를 쳐다보았다. 그런데 일 분 뒤, 아무도 예상하지 못했던 일이 벌어졌다. 첸토비치가 아주, 아주 천천히 고개를 들어 우리를 한 사람 한 사람 쳐다보았다. 지금껏 그가 전혀 하지 않던 행동이었다. 그는 뭔가를 무척이나 즐기는 것 같았다. 그의 입술에 만족스러운 듯 냉소가 천천히 번지기 시작했다. 우리가 미처 이해하지 못한 승리를 마음껏 즐기고 난 뒤, 그는 짐짓 공손한 척하면서 우리 쪽을 쳐다보았다.

"유감스럽게도 전 여기서 체크를 전혀 보지 못하겠는데요? 혹시 여러분 중에서 제 킹에 대한 체크를 보신 분이 있나요?"

우리는 보드를 들여다보았다. 그러고 나서 불안스레 B박사를 건너다보았다. 첸토비치의 킹이 자리한 칸은 사실—어린애도 알 수 있듯이—비숍에 맞서 폰으로 완전히 방어해서 킹에게 체크를 외칠 수 있는 상황이 아니었다. 우리는 불안해졌다. 우리 친구가 심적으로 들떠서 말을 한 칸 더 멀리, 혹은 한 칸 더 가까이 잘못 두었단 말인가? 우리의 침묵으로 인해 정신이 들었는지 B박사도 그제야 보드를 응시하다가 심하게 말을 더듬기 시작했다.

"킹이 f7에 있었는데…… 킹이 지금 잘못 서 있어요. 아주 잘못됐어요. 당신이 잘못 옮긴 거요! 이 보드에는 모든 게 잘못 놓여 있군요…… 폰이 g5에 있어야지요, g4가 아니라…… 이건 정말 아주 다른 판인데요…… 이건……"

그가 갑자기 말을 멈추었다. 나는 그의 팔을 꽉 움켜잡았다. 아니, 그의 팔을 아주 심하게, 열병의 혼란 속에서도 내가 붙잡은 것을 그 스스로 틀림없이 느꼈을 정도로 심하게 꼬집었다. 그가 몸을 돌려 몽유병자처럼 나를 쳐다보았다.

"왜…… 그러시지요?"

나는 "기억하세요"라는 말만 하고 손가락으로 말없이 그의 손에 있는 상처를 가리켰다. 그는 무의식적으로 내 손가락을 따라가 핏빛 흉터를 멍하니 응시했다. 그러더니 갑자기 부들부들 떨기 시작했는데 마치 온몸에 전율이 흐르는 듯했다.

"맙소사!" 그가 창백해진 입술로 속삭였다. "제가 무슨 말도 안 되는 헛소리를 했나요? 아니면 그런 행동이라도 했나요? ……결국 제가 또다시……?"

"아니요." 나는 나지막이 속삭였다. "하지만 당신은 당장 이 시합을 그만두어야 합니다. 지금이 바로 그때입니다. 의사가 당신에게 한 말을 기억하세요!"

B박사가 벌떡 일어났다. "저의 어리석은 착각을 용서해주시기 바랍니다." 다시 본래의 정중한 목소리로 말하고는 첸토비치에게 허리 굽혀 인사했다. "제 얘기는 말도 안 되지요." 그러고 나서 이번에는 우리 쪽을 돌아보았다. "여러분께도 양해를 구합니다. 물론, 너무 많은 것을 기대하지 마시라고 미리 말씀드리긴 했습니다만, 부끄러운 저를 용서하십시오. 체스에서 저를 시험하는 것은 이번이 마지막이었습니다."

그는 허리 굽혀 인사한 뒤에 처음 나타났을 때와 같이 겸손하고 알 수 없는 듯한 태도로 떠났다. 그가 왜 다시는 체스보드를 건드리지 않을 것인지 아는 사람은 나뿐이었다. 다른 사람들은 불쾌하면서도 뭔가 위험한 것을 가까스로 피했다는 막연한 느낌으로 다소 혼란스러워했다. "저런 빌어먹을 놈 같으니라고!" 매코너가 실망해서 중얼거렸다. 첸토비치는 맨 마지막으로 자리에서 일어나 다시 한번 중간에 끝난 시합에 시선을 던졌다.

"유감이군요." 그는 호기롭게 말했다. "공격하는 방식이 그다지 나쁘지 않던데요. 그 신사양반, 딜레탕트치고는 비상한 재능을 가졌던 걸요."

낯선 여인의 편지

유명 소설가 R는 사흘 동안 산에서 상쾌한 휴가를 보낸 후, 이른 아침 다시 빈으로 돌아와 역에서 신문을 샀다. 그때 날짜를 힐끔 보고는 그날이 자신의 생일이라는 사실을 떠올렸다. 마흔한 살의 남자, 얼른 자신의 나이를 헤아려보았는데, 그것이 그에겐 즐겁지도 괴롭지도 않았다. 부스럭거리는 신문을 대충 훑어보고는 택시를 타고 집으로 향했다. 하인이 부재중일 때 찾아온 방문객 두 사람과 걸려온 전화 몇 통에 대해 알려주고, 그동안 모아둔 우편물들을 쟁반에 담아 가져왔다. 그는 우편물들을 건성으로 들여다보고 발신인으로 미루어 관심이 가는 편지만을 몇 통 뜯어보았다. 낯선 글씨체에 지나치게 두툼해 보이는 편지 한 통을 그는 일단 옆으로 밀쳐두었다. 그사이에 차 한 잔이 준비되어 있었다. 그는 편안하게 안락의자에 몸을 기대고 앉아 신문과 몇몇 인쇄물을 다시 훑어보았다. 그러고 나서 시가에 불을 붙이고 밀쳐두었던 편지를 집어들었다.

그건 낯설고 불안한 여인의 필체로 성급히 써 내려간 것으로 스물네 장 정도나 되어 편지라기보다는 원고에 가까웠다. 혹시 동봉한 편지를 잊은 것은 아닌가 싶어 무의식적으로 편지봉투를 다시 한번 더 들어보았다. 쪽지는커녕 보낸 이의 주소와 서명도 없었다. 별나군, 그렇게 생각하고 그는 다시 편지를 집어들었다. 윗부분에 "결코 저를 모르는 당신께"라는 호칭이 제목으로 쓰여 있었다. 그는 놀라 잠시 멈칫했다. 이것이 정말 나에게 온 건가? 아니면 어느 몽상가에게 온 건가? 갑자기 호기심이 발동해서 그는 읽기 시작했다.

제 아이가 어제 죽었습니다. 사흘 낮, 사흘 밤을 저는 이 작고 가녀린 생명을 위해 죽음과 필사적으로 싸웠답니다. 독감으로 열이 나 불덩이 같은 가여운 아이의 몸을 뒤흔들던 마흔 시간 동안 전 침대 옆에 앉아 있었습니다. 아이의 뜨거운 이마에 시원한 것을 올려주고, 불안해하는 자그마한 두 손을 밤낮으로 꼭 쥐고 있었습니다. 사흘째 되던 날 저녁엔 저도 지쳐서 쓰러졌습니다. 두 눈을 더는 뜰 수가 없었지요. 저도 모르게 자꾸 눈이 감겨 딱딱한 의자에서 서너 시간 동안 잠이 들었어요. 그사이 죽음이 아이를 데려가버렸습니다. 이제 아이는 거기에 누워 있습니다. 귀엽고 가련한 남자아이가 좁은 어린애 침대에, 죽었을 때의 모습 그대로 말입니다. 아이의 두 눈을 감겨주었습니다. 영리하고 까만 두 눈을…… 그리고 아이의 양손을 하얀 셔츠 위에 포개놓았어요. 네 개의 촛불이 침대의 네 귀퉁이에서 훨훨 타고 있습니다. 전 감히 바라보지도 움직이지도 못하고 있답니다. 불꽃이 흔들리면 아이의 얼굴과 굳게 다문 입술 위로 그림자들이 휙휙 스쳐, 마치 그 애가 살아 움직이는 것만 같습니다. 그러면 전, 아이가 죽지 않고 다시 깨어나 맑은 목소리로 천진난만하고 귀엽게 말할 것만 같아요. 하지만 전 압니다. 아이가 죽었다는 것을 말입니다. 다시 한번 희망을 가졌다가 또다시 낙담하지 않으려 더는 쳐다보고 싶지 않습니다. 저는 압니다. 전 알아요. 제 아이가 어제 죽었습니다. 이제 저는 이 세상에서 오로지 당신만을 알고 있습니다. 저에 대해 아무것도 모르고, 그동안 아무것도 모른 채 많은 사람들과 함께 여러 다양한 것들을 누리며 즐기던 당신을, 저를 알지 못한다 해도 제가 항상 사랑했던 당신만을 알고 있습니다.

저는 다섯번째 초를 집어 여기 이 책상 위에 세워두었고 거기에서 당신에게 편지를 쓰고 있습니다. 실컷 소리치듯 제 영혼을 전하지 않고서는 죽은 아이 앞에 홀로 있을 수 없어서요. 저에게 전부였고 여전히 전부인 당신이 아니면, 이런 절망의 순간 누구한테 털어놓겠습니까! 어쩌면 당신께 명확히 말할 수 없을지도 모릅니다. 어쩌면 저를 이해하지 못하실지도 모르지요. 네, 제 머리는 무척 혼란스럽습니다. 관자놀이 부위가 쿡쿡 쑤시고 망치로 내리치는 듯합니다. 온몸이 너무 아파요. 제 생각엔 열이 있는 것도 같고, 어쩌면 지금 집집마다 슬금거리며 찾아다니는 독감에 이미 걸렸는지도 모르겠어요. 차라리 그러면 좋겠습니다. 그럼 저도 아이와 함께 갈 수 있을 테고, 하고 싶지 않은 일을 억지로 할 필요도 없을 테니까요. 가끔 눈앞이 깜깜해지기도 합니다. 어쩌면 이 편지를 끝까지 쓸 수 없을지도 모릅니다. 하지만 있는 힘을 다해 쓰겠습니다. 단 한 번만이라도, 오직 이번만이라도 당신에게 이야기하기 위해서요. 저를 전혀 모르는 나의 사랑이여.

당신에게만 말하고 싶습니다. 처음으로 당신에게 모든 것을 말하겠어요. 제 모든 삶을 아셔야 합니다. 전 항상 당신 것이었는데 당신은 그 사실을 전혀 모르셨지요. 하지만 당신은 제가 죽은 뒤에야 제 비밀을 알게 될 겁니다. 그때는 당신이 제게 답장을 보낼 필요가 없겠지요. 그때는 제 팔다리를 이토록 뜨겁고도 차갑게 뒤흔드는 이것도 사실 끝이 나겠지요. 만약 제가 계속 살아 있다면 전 이 편지를 찢어버릴 겁니다. 그리고 항상 침묵해왔듯이 계속 침묵할 겁니다. 그러나 당신이 이 편지를 손에 쥐게 된다는 것은, 여기 죽은 여인이 당신에게 그녀의 삶을 이야기하는 것임을 알게 될 겁니다. 그녀의 삶, 첫 순간부터 숨을 거두는 마지막 순간까지 당신의 것이었던 그녀의 삶을 말입니다. 그렇다고 제 말에 두려워하지는 마세요. 죽은 여인은 아무것도 원하지 않으니까요. 사랑도, 동정도, 위로도 원하지 않습니다. 오직 하나, 당신이 저의 모든 것을 믿어주기만을 바랄 뿐입니다. 당신에게로 내닫는 저의 고통이 말하는 모든 것을 믿어주기만 하면 됩니다. 제 모든 것을 믿어달라는, 오로지 이 한 가지만 부탁드립니다. 하나밖에 없는 자식이 죽었는데 거짓말하는 사람은 없겠지요.

제 삶의 전부를 당신에게 다 털어놓고 싶습니다. 당신을 알게 된 바로 그날 처음 시작된 이 삶을 말입니다. 그 이전은 뭔가 혼란스럽고 이리저리 뒤엉켜서 잘 기억하지 못합니다. 그 시절은 제 마음에 담아두지 않은 희미한 사물과 사람들이 있는, 먼지 쌓이고 거미줄 쳐진 지하실 같아 더는 기억하지 못합니다. 당신이 오셨을 때 전 열세 살이었고, 당신이 지금 살고 있는 바로 그 집, 당신이 이 편지를, 살아 있는 저의 마지막 숨결을 쥐고 있는 바로 그 집에서 살았습니다. 저는 복도를 사이에 두고 바로 당신 집과 문을 마주한 곳에 살았지요. 당신은 분명 우리를 기억하지 못할 겁니다. 늘 상복을 입고 다니던 가난한 서기관의 미망인과 깡마른 아이를 말입니다. 우리는 마치 소시민의 궁핍 속에 잠기기라도 한 것처럼 상당히 조용하게 살았지요. 아마 당신은 우리의 이름도 들어보지 못했을 겁니다. 우린 현관에 문패도 달지 않았으니까요. 어느 누구도 우리를 찾아온 적 없고, 어느 누구도 우리에 대해 궁금해하지 않았지요. 너무나 오랫동안 그렇게 살았습니다. 십오 년, 십육 년? 아니, 당신은 자세히 알지 못하지요. 나의 사랑이여, 하지만 전, 오! 저는 세세한 내용 하나하나 다 열정적으로 기억합니다. 전 아직도 그날을 오늘처럼 떠올립니다. 아니 그 순간, 내가 당신에 대해 처음 듣고, 당신을 처음 본 바로 그 순간을 마치 오늘처럼 생생하게 기억하고 있어요. 어떻게 제가 그러지 않을 수 있겠습니까. 그때 비로소 저에게 세상이 시작되었는데요. 사랑하는 이여, 당신에게 모든 것을, 모든 것을 처음부터 이야기할 테니 인내심을 갖고 들어주세요. 저에 관해서 십오 분 정도 참고 들어주시길 바랍니다. 이 십오 분 때문에 한평생 당신을 지칠 줄 모르고 사랑했으니까요.

　당신이 이사 오기 전, 그 집에는 추악하고 싸우기 좋아하는 사람들이 살았습니다. 그들은 자기네도 가난하면서 대부분 가난했던 이웃들, 특히 우리의 가난을 혐오했습니다. 우리는 가난해도 그들처럼 몰락한 프롤레타리아적인 난폭함을 전혀 보이지 않았기 때문입니다. 그 남자는 술고래였고 자기 아내를 두들겨 패기도 했지요. 우리는 종종

의자가 넘어지고 접시가 깨지는 소란 때문에 한밤중에 잠에서 깨곤 했습니다. 한번은 그의 아내가 피가 날 정도로 두들겨 맞고 머리를 산발한 채 계단을 뛰어 내려갔습니다. 술에 취한 남자가 으르렁거리며 그녀의 뒤를 따르자, 마침내 사람들이 문 밖으로 나가 경찰을 부르겠다고 그에게 으름장을 놓았지요. 어머니는 처음부터 그들을 절대 상대하지 않았고, 그 집 아이들에게도 말을 걸지 말라고 했습니다. 그래서 그 집 아이들은 언제나 기회만 있으면 제게 복수를 했어요. 거리에서 저를 만나면 등 뒤에 더러운 욕을 내뱉었고, 한번은 딱딱한 눈뭉치를 던져 제 이마에서 피가 났을 정도였답니다. 같은 건물에 사는 사람들 모두가 비슷한 감정으로 그들을 싫어했습니다. 그런데 갑자기 무슨 일이 생겨서—제 생각에는 그 남자가 절도죄로 구속되었던 것 같습니다—그들이 잡동사니 살림을 가지고 이사를 가게 되었을 때, 우리는 모두 안도의 숨을 내쉬었어요. 며칠 동안 그 집 문에 세입자를 구하는 광고가 붙어 있었는데, 어느 날 광고쪽지가 없어지더니 관리인을 통해서 삽시간에 소문이 퍼졌습니다. 작가라는 조용한 신사가 그 집으로 이사 오게 되었다고 말입니다. 그때 저는 당신의 이름을 처음 들었습니다.

며칠 뒤 칠장이, 청소부, 도배장이들이 와서 지저분하게 살았던 전 주인이 떠난 그 집을 말끔히 닦아냈습니다. 망치질도 하고 두들기기도 했고, 닦아내고 긁어내기도 했습니다. 그러나 어머니는 마냥 흡족해하셨습니다. 이제야 마침내 저 앞집의 더러운 살림이 끝났구나, 라고 말씀하셨지요. 이사 들어올 때에도 전 당신을, 당신의 얼굴을 보지는 못했습니다. 그 모든 작업들을 당신의 하인이 관리감독했지요. 회색 머리의 왜소하고 진지한 하인 말입니다. 그분은 모든 것을 조용조용히, 사무적으로 꼼꼼하게 감독했습니다. 우리 모두는 그에게 아주 감동했어요. 그 까닭은 우선 근방의 공동주택에서 하인을 보는 것이 처음이기도 했고, 또 그가 우리 모두에게 너무도 정중했기 때문입니다. 그는 자기 자신을 심부름꾼의 위치에 놓고 사람들과의 대화에 함부로 끼어들지도 않았지요. 그는 첫날부터 저의 어머니에게 존경심을 갖고 귀부인으로 대하며 인사했습니다. 심지어 저같이 못생긴 애한테도 늘 신뢰를 갖고 진지하게 대했습니다. 당신의 이름을 부를 때마다 그는 항상 어떤 경외심과 특별한 존경심을 갖고 있었습니다. 그가 당신께 일반적인 경우보다 훨씬 더 성심껏 봉사하고 있음을 이내 알 수 있었지요. 그래서 저는 그를, 나이 든 선량한 요한을 얼마나 좋아했는지 모릅니다. 비록 항상 당신 곁에 있을 수 있고 당신의 시중을 들어줄 수 있었던 그를 시샘하기는 했어도 말입니다.

당신에게 전부 이야기하겠습니다. 사랑하는 그대여, 사소하고 웃기기까지 한 그 모든 것을 말하겠어요. 당신이 처음부터 어떻게 저같이 수줍고 겁 많은 아이에게 막강한 영향력을 미칠 수 있었는지 이해할 수 있도록 말입니다. 당신이 제 삶에 들어오기 전에도 당신 주위에는 후광 같은 것이 있었어요. 부유함, 특별함 그리고 신비함의 세계 같은 것이요. 그 근방의 작은 공동주택 단지에 살았던 우리 모두는—다닥다닥 붙어 사는 사람들은 항상 문 앞에서 벌어지는 모든 새로운 일에 호기심을 갖게 마련이지요—당신이 이사 오기를 벌써부터 학수고대했어요. 제가 당신에 대해 호기심이 일기 시작했던 건, 어느 날 오후 학교에서 돌아와 집 앞에 가구를 실은 차가 서 있는 것을 보았을 때였습니다. 대부분의 짐과 무거운 가구들은 이미 짐꾼들이 올려다 놓았고, 이제 작은 것들 몇 가지를 들어 올리고 있었지요. 저는 문 앞에 서 있었습니다. 놀라움에 모든 것을 지켜보기 위해서였어요. 당신의 물건들은 지금까지 본 적이 없을 정도로 하나같이 독특하고 특이했습니다. 거기엔 인도의 불상들, 이탈리아의 조각들, 꽤 눈부신 커다란 그림들도 있었고, 마지막으로 책들이 왔어요. 그렇게 많고 좋은 책들은 도저히 상상할 수도 없을 정도였습니다. 문 앞에 그것들이 층층이 쌓여 있었고, 하인이 물건들을 받아 하나하나 세심하게 먼지를 털어 냈습니다. 저는 점점 더 늘어나는 책 더미 근처를 호기심에 가득차 조심스레 서성였지요. 하인은 저를 쫓아내지는 않았지만 그렇다고 용기를 불어넣어주지도 않았어요. 그래서 그 많은 책들의 부드러운 가죽을 무척이나 만져보고 싶었어도 어느 책에도 손 댈 용기가 나지 않았습니다. 전 그저 옆에서 제목만 부끄러이 바라보았어요. 그 가운데는 프랑스어 책, 영어 책도 있었고 제가 이해할 수 없는 언어로 쓰인 책들도 많았습니다. 생각 같아선 몇 시간이고 책들을 모조리 둘러볼 수 있을 것 같았는데, 하필 그때 어머니가 저를 불러들였습니다.

그날 저녁 내내 당신에 대해 생각하지 않을 수 없었답니다. 제가 아직 당신을 알기도 전인데 말입니다. 제가 가진 책이라야 고작 열두 권, 그것도 너덜너덜한 마분지로 묶은 싸구려였지만, 그래도 전 그 책들을 무엇보다 좋아해 늘 되풀이해서 읽었답니다. 그런데 그때부터 훌륭한 책들을 많이 가졌고, 그것들을 읽었으며, 그 많은 언어를 알고 그렇게 부유하면서 학식이 풍부한 남자는 대체 어떤 사람일까 궁금해서 안달이 났습니다. 그 많은 책들을 생각하면서 일종의 신성에 가까운 경외심마저 들었습니다. 전 당신의 모습을 상상했습니다. 상상 속의 당신은 안경을 끼고 흰 수염이 길게 난 나이 지긋한 분이었습니다. 우리 학교 지리 선생님 비슷하게 말입니다. 하지만 그보다는 훨씬 더 선하고, 더 잘생기고, 더 부드러울 거라 상상했어요. 왜 제가 그때 당신을 나이 지긋한 분으로 생각했으면서도 분명히 잘생겼을 거라 확신했는지는 모르겠습니다. 바로 그날 밤, 아직 당신을 알지도 못하면서 전 당신 꿈을 꾸었지요.

바로 다음날 당신이 이사 왔습니다. 하지만 아무리 살펴도 당신 얼굴을 볼 수 없었습니다. 그것이 호기심만 더욱 키웠지요. 마침내 사흘째 되던 날, 당신을 보았습니다. 저는 너무도 놀랐습니다. 당신은 전혀 다른 모습이었거든요. 어린 제가 상상했던 성자와는 아주 달랐습니다. 안경을 낀 선량한 노인 꿈을 꾸었는데 그때 오신 당신은 요즘 모습 그대로였지요. 당신은 정말 변함이 없습니다. 세월이 당신을 비껴가는 것만 같습니다! 당신은 매혹적인 연갈색 운동복을 입고 특유의 소년 같은 가벼운 발걸음으로 계단을 뛰어올랐지요. 늘 한 번에 두 계단씩 말이에요. 당신이 모자를 손에 들고 있어서 그 맑고 생기 있는 얼굴과 젊은이의 머리를 볼 수 있었을 때, 이루 형언할 수 없을 만큼 놀랐습니다. 정말로 너무나 놀랐어요. 얼마나 젊고, 잘생기고, 깃털처럼 날씬하고 우아하던지요. 저 혼자만 그렇게 느낀 건 아닙니다. 그 순간 제가 분명하게 느낀 그것을 저뿐만 아니라 다른 사람들 모두가 당신 특유의 모습으로 늘 거듭 느끼며 놀라워하지요. 당신은 어딘지 모르게 양면적인 사람으로 느껴집니다. 열정적이고 경쾌하며, 유희와 모험에 몰입하는 젊은이인 동시에 예술에 대해서는 엄격할 정도로 진지하고 책임의식이 있으며, 끝없이 읽고 교양을 쌓은 분입니다. 그것은 제가 무의식적으로 감지한 것이지만 누구든 느낄 수 있을 겁니다. 당신이 이중적인 삶을 살아가고 있다는 것을 말입니다. 한편으로는 밝고 세상을 향해 열린 면을 보이면서 다른 한편으로는 당신 혼자만 알고 있는 아주 어두운 면을 보이지요. 이 깊고 깊은 양면성, 이것이 바로 당신이라는 존재의 신비입니다. 이것을 제가, 열세 살짜리 여자애가 첫눈에 알아보고 마법같이 끌렸습니다.

사랑하는 이여, 이제 이해하시겠어요? 어린아이였던 제게 당신이 얼마나 경이로운 존재였는지, 얼마나 수수께끼같이 유혹적인 존재였는지 말입니다! 책을 쓰는 데다 나와는 다른 넓은 세계에서 유명해 경외심마저 들던 분을 갑자기 젊고 고상하며 소년처럼 쾌활한 스물다섯 살 남자로 만나다니요! 그날부터 가련한 유년시절 내내 당신 이외에 다른 어떤 것에도 관심을 두지 않았고, 열세 살짜리의 완고함으로 아주 고집스럽게 오로지 당신의 삶, 당신의 존재 주변만을 더더욱 맴돌았다는 것을 말씀드리지 않을 수 없군요. 전 당신을 관찰했습니다. 당신의 습관들이며 당신을 방문하러 오는 사람들도 관찰했지요. 이렇게 해서 당신에 대한 호기심이 줄어들기는커녕 오히려 커져만 갔습니다. 당신의 본질이 지닌 양면성은 당신을 찾아오는 이들이 다양하다는 데서도 그대로 나타났기 때문입니다. 당신의 친구들이나 젊은이들이 오기도 했는데, 그들과 함께할 때면 당신은 웃으며 활기에 넘쳤습니다. 남루한 대학생들도 왔고, 때론 자동차를 타고 오는 부인들도 있었죠. 한번은 멀리서 경외심을 갖고 바라본 적이 있는 오페라 감독이자 유명한 지휘자도 왔지요. 그런가 하면 상업학교에 다니는 어린 소녀들이 오기도 했는데, 그들은 당황해하면서 황급히 당신 집으로 들어가곤 했습니다. 주로 여성들이 많이, 아주 많이 찾아왔지요. 전 그걸 이상하게 생각하지 않았습니다. 어느 날 아침 학교에 가다가 베일을 쓴 어떤 여인이 당신 집에서 나가는 모습을 보았을 때도 그랬습니다. 그때 전 불과 열세 살이었어요. 열정적인 호기심으로 당신을 훔쳐보고 엿들었지요. 그때는 어려서 그 호기심이 이미 사랑이었다는 것을 아직 깨닫지 못했답니다.

나의 사랑이여, 하지만 제가 완전히 그리고 영원히 당신에게 빠졌던 그날, 그때는 아직도 정확히 기억하고 있습니다. 학교 친구와 산책을 하고 난 뒤 문 앞에서 이야기하며 서 있었어요. 그때 자동차 한 대가 오더니 멈추어 섰고, 당신이 지금도 여전히 저를 사로잡는 특유의 성마르면서도 경쾌한 동작으로 차 발판에서 뛰어내려 집으로 들어가려 했지요. 무의식적으로 당신에게 문을 열어주지 않을 수 없었습니다. 그래서 당신이 오는 쪽으로 다가서다 하마터면 당신과 부딪칠 뻔했습니다. 당신은 따뜻하고 부드럽고 감싸는 듯한 눈빛으로, 그래요, 다정한 듯한 눈빛으로 저를 바라보았고 제게 미소 지었습니다. 네, 다정했다는 것 외에는 달리 표현할 말이 없네요. 그때 당신이 나지막한 목소리로 허물없는 사이처럼 말했지요. "정말 고마워요, 아가씨."

그것이 전부였습니다, 사랑하는 사람이여. 하지만 전 바로 그 순간, 당신의 부드럽고 다정한 눈빛을 느낀 그 순간부터 당신에게 빠져버렸습니다. 그래요, 나중에, 사실 얼마 지나지 않아, 안아주는 듯한, 유혹하는 듯한 눈빛, 감싸는 것 같으면서 동시에 옷을 벗기는 듯한 타고난 유혹의 눈빛을 당신이 스쳐가는 모든 여인들에게, 물건을 파는 상점 아가씨에게도, 문을 열어주는 하녀에게도 보낸다는 것을 알게 되었지요. 또 당신의 그 눈빛은 애정의 표현이나 의지에서 비롯된 것이 아니라, 여인들을 마주치면 그들에 대한 친절함으로 눈빛이 저절로 부드럽고 따뜻해진다는 것도 알게 되었지요. 하지만 열세 살밖에 안 된 아이는 그것을 꿈에도 생각하지 못했습니다. 저는 뜨거운 불길에 휩싸인 것만 같았습니다. 당신의 부드러운 친절이 오직 저를, 저 하나만을 향한다고 생각했지요. 짧은 순간 제 안에서, 미성숙한 제 안에서 한 여인이 깨어났고, 그 여인이 영원히 당신에게 속하게 된 겁니다.

"저 사람 누구야?" 제 친구가 물었지요. 전 곧바로 대답할 수 없었습니다. 당신의 이름을 입에 올리는 것이 저한테는 불가능한 일이었어요. 그 일 초 동안, 아주 짧은 그 순간에 당신 이름은 제게 성스러운 것이 되었고, 저만의 비밀이 되었습니다. "아, 여기 이 집에 사는 신사분이야." 조금 뒤 저는 더듬거리며 말했습니다. "그런데 왜 그렇게 얼굴이 빨개졌어? 그 사람이 너를 바라보았을 때처럼 얼굴이 상기됐어." 친구는 호기심 가득한 아이답게 심술궂게 놀려댔습니다. 친구가 제 비밀을 조롱하면서 건드린다는 생각이 들자 제 두 뺨에 더더욱 뜨거운 피가 흐르는 것 같았습니다. "이 멍청한 것!" 전 당황해서 거칠게 욕을 퍼부었지요. 그땐 그 애를 죽이고 싶었어요. 하지만 그 애는 더 큰 소리로, 더 냉소적으로 웃기만 했어요. 마침내 기절할 것 같은 분노 때문에 눈물이 왈칵 쏟아지더군요. 전 그 애를 거기에 내버려두고 올라가버렸습니다.

그 순간부터 전 당신을 사랑했습니다. 너무도 많은 사랑을 받아 만성이 되어버린 당신에게 여인들이 종종 그런 말을 했다는 것도 압니다. 하지만 저를 믿어주세요. 어느 누구도 당신을 노예처럼, 개처럼, 그렇게 헌신적으로 사랑한 존재는 없을 것입니다. 과거의 제가 바로 그런 존재였고, 당신을 위해 전 영원히 그렇게 남을 것입니다. 이 세상 어떤 것도 한 소녀가 어둠 속에서 몰래 한 사랑에 비길 수는 없을 것입니다. 그것은 너무나 희망 없고 헌신적이며, 너무나 굴종적이고 애타게 기다리는 열정적인 사랑이었지, 욕정을 느끼면서도 무의식적으로 요구하는 성숙한 여인의 사랑은 결코 아니었습니다. 고독한 소녀들만이 그 열정을 소중히 간직할 수 있답니다. 다른 여자들은 여러 사람들이 모인 자리에서 자신의 감정을 수다거리로 만들고는 신뢰하기 때문에 털어놓는다는 식으로 마무리하지요. 그들은 들은 것도 많고 읽은 것도 많아 사랑이 함께하는 운명이라는 것을 알지요. 그들은 사랑을 장난감처럼 가지고 놀고, 소년들이 처음 담배를 피워본 경험을 자랑하듯 과시합니다. 그러나 저는 속마음을 털어놓을 만한 사람을 알지 못했습니다. 어느 누구로부터 배운다거나 주의할 것에 대해 들어보지도 못했고, 경험도 없었으며, 어찌해야 할지 전혀 알 수 없었습니다. 전 그냥 운명 속으로 미끄러져 들어갔습니다. 마치 심연으로 떨어지는 것처럼 말입니다. 모든 것이 제 안에서 자라나 피어났으며, 오로지 당신, 꿈에서 만난 당신만을 유일하게 신뢰했습니다. 아버지는 일찍 돌아가셨고, 어머니는 영원히 쾌활할 줄 모르는 우울증과 연금생활의 불안함에 시달려 낯설기만 했지요. 반쯤 타락한 여학생들은 거부감만 주었습니다. 그들이 경솔하게 제 마지막 열정을 가지고 놀았기 때문이에요. 그래서 전 모든 것을, 그렇지 않아도 산산조각 나고 분열된 모든 것을 내던졌지요. 억눌리면서도 늘 다시 성급하게 솟구치는 저의 존재를 당신에게 내던진 것입니다. 저에게—어떻게 말해야 할까요? 어떤 비유로도 너무나 부족합니다—당신은 바로 모든 것, 제 삶의 전부였습니다. 모든 것이 당신과 관련해서만 존재했고, 제 실존에 관한 모든 것은 오직 당신과 연결될 때에만 의미를 지녔지요. 당신은 제 삶을 완전히 바꿔놓았습니다. 그전까지는 학교에 별 관심 없는 평범한 학생이었는데, 갑자기 최고가 되었지요. 수많은 책들을 깊은 밤까지 읽어댔습니다. 당신이 책을 좋아한다는 것을 알고 있었기 때문입니다. 어머니가 놀랄 정도로 갑자기 고집스럽게 피아노를 연습하기 시작했습니다. 당신이 음악을 좋아한다고 생각했기 때문이지요. 오직 당신 마음에 들려고, 단정하게 보이려고 씻고 옷들을 바느질하고 손질했답니다. 어머니가 집에서 입는 옷을 잘라 만든 낡은 교복 왼쪽에 네모난 모양으로 기운 자리가 있었는데, 전 그것이 정말 끔찍이도 싫었습니다. 당신이 그것을 보고 저를 경멸할까봐 두려웠습니다. 그래서 늘 계단을 오르내릴 때마다 당신이 볼까봐 불안에 떨면서 그 부분을 책가방으로 가렸지요. 그런데 그것이 얼마나 어리석은 짓이었던가요. 당신은 저를 다시는, 다시는 보지 않았으니 말입니다.

그래도 전 하루 종일 당신을 기다리고 당신을 엿보는 것 이외엔 아무것도 하지 않았습니다. 우리 현관문에 놋쇠로 된 작은 구멍이 있어서, 동그란 그 구멍으로 건너편 당신의 문을 볼 수 있었어요. 그 구멍이—아니, 웃지 마세요, 사랑하는 사람이여. 오늘도, 오늘까지도 여전히 그 시간을 부끄럽게 생각하지 않습니다—바로 세상을 들여다보는 저의 눈이었습니다. 그곳, 무지 추운 현관 앞에서 어머니가 의심할까봐 겁내며 여러 달, 여러 해 동안 손에 책을 들고 엿보면서 오후 내내 앉아 있었어요. 한 줄의 현처럼 팽팽하게 긴장해서 당신의 모습이 그 현을 건드리기만 해도 음을 낼 것 같은 심정으로 앉아 있었습니다. 저는 항상 당신 주위에서 긴장과 감동 사이를 오갔습니다. 그렇지만 당신은 그것을 느끼지 못했지요. 마치 당신이 주머니에 넣어 가지고 다니는 시계태엽의 긴장을 느끼지 못하는 것처럼요. 시계태엽은 어둠 속에서 인내심을 가지고 당신의 시간을 재고 들리지 않는 심장박동 소리와 함께 당신과 늘 같이하는데도 당신은 성급한 시선을 수백만 번 똑딱거리는 초침 위로 단 한 번 힐끗 던질 뿐, 시계태엽의 긴장을 거의 느끼지 못하는 것처럼 말입니다. 전 당신에 관한 한 모든 것을 알고 있습니다. 당신의 습관, 당신의 넥타이, 당신의 양복을 다 알고, 당신의 지인들을 한 사람 한 사람 구별할 수도 있었으며, 누가 내 마음에 들고 누가 마음에 들지 않는지도 나누었지요. 열세 살부터 열여섯 살까지 매 순간 당신 속에서 살았답니다. 아, 얼마나 어리석은 짓들을 했는지 아실까요! 당신의 손길이 닿았던 문손잡이에 입을 맞추고, 당신이 집 안으로 들어가기 전에 내던진 담배꽁초를 훔쳤답니다. 그 꽁초는 제게 성스러운 것이었지요. 당신의 입술이 거기에 닿았으니까요. 수백 번도 넘게, 저녁이면 어떤 핑계를 대서라도 골목길로 뛰쳐나갔답니다. 당신의 방들 중 어디에 불이 켜졌는지를 보고 당신의 모습, 보이지는 않지만 분명히 거기에 존재하는 당신을 더 잘 느끼기 위해서였지요. 당신이 여행을 떠난 몇 주 동안―착한 요한이 당신의 노란 여행가방을 가지고 내려오는 것을 볼 때면 제 심장은 두려운 나머지 영원히 멈추는 듯했습니다―제 삶은 죽은 거나 다름없었죠. 무의미했으니까요. 투덜거리며 지루해했고, 화가 나서 이리저리 돌아다

녔지요. 어머니가 울어서 부은 제 눈을 보고 저의 절망을 알아채지 못
하도록 늘 주의해야만 했습니다.

알고 있습니다. 제가 지금 당신에게 이야기한 이 모든 것이 그로테
스크하다 싶을 정도로 과도한 열정이고 유치한 어리석음이라는 것
을. 이런 것을 부끄러워해야 마땅하지만 전 부끄럽지 않습니다. 당신
에 대한 저의 사랑이 그렇게 과도하게 탐닉했던 어린 그 시절만큼 순
수하고 열정적이었던 때도 없으니까요. 몇 시간이고, 아니 며칠이라
도 당신에게 이야기할 수 있습니다. 그 당시 저를 본 적이 별로 없는
당신과 제가 어떻게 함께 살았는지 말입니다. 그때 당신이 저를 제대
로 볼 수 없었던 것은 제가 당신을 계단에서 만나 피할 길이 없었는
데도 당신의 이글거리는 눈빛이 두려워 고개를 푹 숙이고 당신 곁을
그냥 스쳐 지나가곤 했기 때문입니다. 마치 불속에 빠지지 않으려고
물속에 빠지는 사람 같았지요. 몇 시간이든 며칠이든, 이미 오래전에
당신에게서 사라져버린 그 시절에 대해 이야기할 수 있습니다. 당신
삶의 달력을 모두 펼쳐 보여줄 수도 있어요. 하지만 전 당신을 지루하
게 만들고 싶지 않고, 괴롭히고 싶지도 않습니다. 제 어린 시절 가운
데 가장 아름다웠던 경험만 당신에게 털어놓고 싶습니다. 부탁드리는
데, 아주 사소한 것에 지나지 않는다고 비웃지는 말아주세요. 저에겐,
어린 소녀였던 저에게 그건 끝없이 영원한 것이었으니까요. 분명 어
느 일요일이었을 겁니다. 당신은 여행을 떠났지요. 당신 하인이 먼지
를 툭툭 쳐낸 묵직한 카펫을 현관문으로 질질 끌고 들어가더군요. 선
하디선한 그가 그것을 끄는 것이 힘들어 보였습니다. 갑자기 대담함
이 발동해 그에게 가서 도와드려도 되겠냐고 물었습니다. 그는 놀라

104

더군요. 하지만 이내 허락했어요. 그래서 전 당신의 집 내부를 볼 수 있었죠. 제가 그때 얼마나 큰 경외심과 얼마나 경건한 존경심을 가졌었는지 당신에게 말로 표현할 수 있다면 좋겠어요! 당신의 세계, 당신이 앉아 있곤 했던, 꽃이 몇 송이 꽂힌 파란 크리스털 꽃병이 놓여 있던 책상도 보았습니다. 당신의 가구들, 당신의 그림들, 당신의 책들도 보았어요. 당신의 삶을 도둑질하듯 재빨리 훔쳐보는 것에 지나지 않았지요. 충직한 요한이 어느 정도 자세히 살펴보게 했을 수도 있지만, 저는 그렇게 한 번 훑어봄으로써 전체 분위기를 흡입했고, 깨어 있을 때나 잠을 잘 때나 영원히 당신 꿈을 꾸기 위한 좋은 자양분을 얻었던 것입니다.

그 짧은 몇 분, 그것이 제 어린 시절 가운데 가장 행복한 순간이었다는 것을 당신에게 이야기하고 싶었습니다. 아직 저를 모르는 당신이, 마침내 어떻게 한 사람의 삶이 당신에게 매달린 채 흘러갔는지 알아가도록 말입니다. 그 순간뿐만 아니라 바로 뒤이어 일어났던 가장 끔찍한 순간에 대해서도 이야기하고 싶습니다. 말씀드렸듯 전 오로지 당신만을 생각하느라 모든 것을 잊고 지냈지요. 어머니를 챙기지도 않았을 뿐 아니라 누구 하나 보살피지 않았습니다. 어머니의 먼 친척뻘 되는, 인스브루크에서 장사를 하는 중년의 신사가 종종 방문해 때론 오래 머물기도 했는데, 전 그에 대해 전혀 신경을 쓰지 않았습니다. 아니, 오히려 저는 더 좋았습니다. 왜냐하면 그분이 어머니를 종종 극장에 데려갔기 때문입니다. 그러면 전 혼자 남아 당신을 생각하고 당신을 엿볼 수도 있었으니, 그것이 저에겐 최고로 행복한 순간이었던 겁니다. 어느 날 어머니가 귀찮게 저를 방으로 불렀습니다. 어머니는 진지하게 저와 이야기를 나누고자 했지요. 전 창백해졌고 심장이 갑자기 방망이질 쳤습니다. 엄마가 낌새를 알아챈 걸까? 뭔가 눈치를 챘을까? 퍼뜩 떠오르는 생각은 당신이었지요. 저를 이 세계와 연결시켜주는 비밀인 당신 말입니다. 그러나 어머니 자신이 당혹스러워했습니다. 제게 입맞춤을 했는데—평상시에는 절대 그런 적이 없지요—그것도 한 번, 두 번씩이나요. 그러더니 저를 어머니 쪽으로 끌어 소파에 앉히고는 주저하고 부끄러워하면서 말을 꺼냈습니다. 어머니의 먼 친척뻘 되는 그분은 부인과 사별한 홀아비인데 그분이 청혼을 했다고, 어머니는 결정적으로 저 때문에 청혼을 받아들이기로 마음먹었다고 했습니다. 순간 제 심장에 피가 후끈 달아오르는 듯했습니다. 마음속에 떠오른 오직 한 가지 생각, 바로 당신에 대한 생각으로 이렇게 대꾸했어요. "하지만 우린 여기서 계속 사는 거지요?" 저는 말을 더듬을 수밖에 없었습니다. "아니, 우린 인스브루크로 이사를 가게 될 거야. 거기에 페르디난트가 아주 훌륭한 빌라를 가지고 있거든." 그 이상 아무것도 들리지 않았어요. 눈앞이 깜깜했거든요. 나중에서야 안 사실이지만, 제가 그때 기절을 했다는군요. 어머니가 문 뒤에서 기다리고 있던 새아버지에게 나지막이 이야기하는 소리를 들었어요. 제가 갑자기 두 손을 벌린 채 뒷걸음치더니 납덩어리처럼 쓰러져버리더라고 말이에요. 그 후 며칠간 무슨 일이 일어났는지, 무력한 아이였던 제가 어머니의 그 막강한 의지를 어떻게 막았는지, 그것을 당신에게 묘사할 길이 없습니다. 그때를 생각하니 지금 글을 쓰는 제 손까지 덜덜 떨리는군요. 저의 진짜 비밀을 드러낼 수는 없었습니다. 그래서 저의 저항은 단순히 어리석고 심술궂은 고집으로만 보였을 겁니다. 누구도 저에게 더이상 말하지 않았고, 모든 것이 뒤에서 비밀리에 이루어졌습니다. 제가 학교에 간 시간을 이용해서 이사를 추진했던 겁니다. 제가 집으로 돌아가면 늘 뭔가가 치워져 있거나 팔려나갔지요. 전 그 집이 어떻게 해체되는지, 그로 인해 제 삶이 어떻게 무너지는지를 보았습니다. 어느 날 제가 점심을 먹으러 갔을 때, 짐꾼들이 모든 것을 끌어내고 있었습니다. 빈집에는 이미 꾸려놓은 트렁크들과 어머니와 저를 위한 간이침대만 남아 있었습니다. 거기에서 우리는 하룻밤을 더 지내야 했습니다. 마지막 밤이었고, 다음날이면 인스브루크로 떠나야 했던 겁니다.

그 마지막 날, 전 당신 곁이 아니면 살 수 없다는 것을 갑자기 더 확연하게 느꼈습니다. 전 당신 이외에 다른 어떤 구원의 길도 알지 못했습니다. 제가 어떻게 생각을 했는지, 그 절망의 시간에 명확하게 생각이나 할 수 있었는지 알 수 없지만, 갑자기—그때 어머니는 외출 중이었지요—교복을 입은 그대로 일어서서 당신에게 건너갔습니다. 아니, 제가 갔던 게 아닙니다. 뻣뻣한 다리로 사지를 부들부들 떨면서, 자석에 이끌리듯 당신의 집 문 쪽으로 갔지요. 말씀드렸듯 제가 무엇을 원하는지 스스로도 분명히 몰랐습니다. 당신 발아래 엎드려 저를 하녀로, 노예로 써달라고 사정해야 할지도 모르겠고, 열다섯 살짜리 여자애의 순진무구한 이런 광적인 행동이 웃음거리가 될까봐 두렵기도 했습니다. 사랑하는 이여, 하지만 그때 그토록 추운 복도에 서서 두려움에 뻣뻣하게 굳었지만, 어떤 알 수 없는 힘에 의해 앞으로 떠밀렸다는 것을 당신이 아신다면, 제가 덜덜 떨리는 팔을 어떻게 몸에서 떼어냈는지, 그러고 나서 그 팔을 들어올려—정말 두려운 그 몇 초간이 영원할 것처럼 느껴지던 투쟁의 순간이었지요—손가락으로 초인종을 눌렀다는 것을 아신다면 아마 비웃지는 못할 것입니다. 오늘날까지도 제 귓가에 그 날카로운 초인종 소리가 울리는 듯합니다. 그러고 난 뒤 정적이 흐르던 순간에 제 심장이 멎는 듯했고, 제 몸의 피도 멈춘 듯했으며, 오로지 문 안의 기척에만 귀를 기울였습니다.

그러나 당신은 나오지 않으셨습니다. 아무도 나오지 않았지요. 당신은 분명히 그날 오후에 외출했고, 요한은 장을 보러 나간 듯했습니다. 초인종 소리가 여전히 귓가에 울리는 듯한데, 저는 짐을 모두 들어내 텅 빈 우리 집으로 터벅터벅 되돌아가서는 지친 상태로 담요 위에 쓰러졌습니다. 네 발자국 걸었지만 마치 깊은 눈길을 여러 시간 걸은 것처럼 지쳤었지요. 그렇게 지친 상태에서도 그들이 저를 떼어놓기 전에 당신을 만나 이야기를 해야겠다는 결심은 꺼질 줄 모르고 타오르더군요. 당신께 맹세하건대, 그때 그건 육체적 갈망 같은 것은 아니었습니다. 전 아직 그런 것은 몰랐습니다. 당신 이외에 아무것도 생각하지 않았거든요. 그저 당신이 보고 싶었을 뿐입니다. 한 번만 더보고 당신에게 매달려보고 싶었어요. 사랑하는 그대여, 그날 밤, 절망스러운 그날 밤 내내 당신을 기다렸습니다. 어머니가 침대에 누워 잠들자마자 살금살금 현관 쪽으로 다가가 당신이 언제 집으로 돌아오는지 귀를 기울였지요. 밤새 기다렸습니다. 아주 추운 1월의 밤이었어요. 전 피곤했고, 온몸이 쑤시고 아팠습니다. 제가 앉을 만한 의자도 그땐 없었습니다. 그래서 문 틈새로 외풍이 들어오는 찬 바닥에 그대로 누웠습니다. 얇은 옷을 입어서 찬 바닥에 누워 있기가 고통스러웠습니다. 덮을 이불도 없었지만 잠이 들어 당신의 발소리를 듣지 못할까봐 두려워 몸을 따뜻하게 하고 싶지 않았습니다. 고통스러웠습니다. 두 발은 경련이 일어 오그라들었고, 팔은 덜덜 떨렸습니다. 자꾸만 일어서야 했습니다. 절망스러운 어둠 속에서 너무나 추웠거든요. 하지만 전 당신을 기다리고, 기다리고, 또 기다렸습니다. 마치 저의 운명을 기다리듯 말입니다.

분명 새벽 두세 시쯤이었을 겁니다. 마침내 저 아래 출입문 열리는 소리가 났고, 이어 계단을 올라오는 발걸음소리가 들렸습니다. 순간 추위가 제 몸에서 빠져나가는 듯했고, 몸이 뜨겁게 달아올랐지요. 소리 나지 않게 조용히 문을 열었습니다. 당신에게 달려가 발치에 엎드리려고요. 아, 그때 멍청했던 제가 대체 무엇을 하려 했는지 저도 모르겠습니다. 발걸음 소리가 점점 더 가까워졌고, 깜빡거리는 촛불도 올라왔습니다. 전 덜덜 떨면서 손잡이를 잡고 있었습니다. 그때 그 사람이 당신이었는지요?

그래요, 사랑하는 이여, 그 사람은 바로 당신이었습니다. 하지만 당신은 혼자가 아니었어요. 전 낮게 키득거리는 웃음소리를 들었고, 스치며 사각거리는 비단옷, 나지막한 당신의 목소리도 들었지요. 당신은 어떤 여자와 함께 집으로 왔더군요.

제가 어떻게 그 밤에 살아남을 수 있을지 정말 몰랐습니다. 다음날 아침 여덟시, 그들이 저를 인스브루크로 끌고 갔습니다. 전 버틸 힘이 더이상 없었습니다.

제 아이가 어젯밤에 죽었습니다. 이제 전 다시 혼자가 되겠지요. 제가 정말 계속해서 살아야 한다면 말입니다. 내일 그들이 올 겁니다.

낯설고 검은 옷을 입은 흉측한 남자들이 관을 가져와 제 가련한 아이, 하나밖에 없는 제 아이를 거기에 넣을 겁니다. 어쩌면 친구들도 오겠네요. 그들은 화환을 가져오겠지요. 하지만 관 위에 놓인 꽃이 무슨 의미가 있겠어요? 그 친구들은 저를 위로할 것이고 몇 마디 말을 하겠지요. 말, 말을요. 하지만 그런 말들이 제게 무슨 소용이 있겠어요? 전 압니다. 제가 다시 혼자 살아가야 한다는 걸 말입니다. 사람들 사이에 혼자 있는 것보다 더 절망스러운 것도 없습니다. 그때 그것을 경험했어요. 열여섯 살에서 열여덟 살까지 인스브루크에서 보낸 이 년이 제겐 무한히 길게 느껴졌지요. 그 당시 전 가족들 사이에서 감옥에 갇힌 사람처럼, 추방당한 사람처럼 살았습니다. 새아버지는 아주 조용하고 말수가 적은 분으로 저에게 잘해주었습니다. 어머니는 무의식적으로 당신의 부당함을 속죄라도 하려는 듯, 제가 바라는 대로 모든 것을 다 해줄 준비가 된 것 같았습니다. 게다가 주변의 젊은이들이 제 환심을 사려고 애썼지만, 전 그들을 고집스럽게 물리쳤습니다. 전 당신과 떨어져 행복하게 살고 싶지 않았고, 만족스럽게 살고 싶은 마음도 없었습니다. 전 스스로 자학과 고독이라는 더 어두운 세계로 파고들었습니다. 그들이 사준 알록달록 화려한 새 옷도 입지 않았습니다. 음악회나 극장에 가는 것도, 유쾌한 모임의 사람들과 함께 소풍을 가는 것도 마다했어요. 그 도시의 골목길도 제대로 밟아보지 않았습니다. 사랑하는 그대여, 제가 이 년 동안이나 살았던 그 작은 도시에서 아는 길이 열 개도 안 된다고 하면 당신은 믿으시겠어요? 전 슬펐고, 슬픔에 잠겨 있고만 싶었습니다. 전 마음의 고통에 빠져 있었어요. 당신의 모습을 보지 못하면서 제가 스스로 부여한 고통이었지요. 전 당신 안에서만 살고 싶다는 열망에서 조금도 벗어나고 싶지 않았습니다. 저는 혼자 집에 있었어요. 몇 시간이든 며칠이든, 혼자서 당신을 생각하는 것 이외에는 아무것도 하지 않았습니다. 당신에 대한 수없이 많은 세세한 기억들을 늘 되풀이해서, 자꾸자꾸 되새겼습니다. 만났던 매 순간, 기다렸던 매 순간, 소소한 일들을 새롭게 상상하여 저 자신에게 펼쳐 보여주었어요. 마치 연극에서 하듯이 말입니다. 그 순간순간들을 수도 없이 반복했기 때문에 제 어린 시절을 생생히 기억할 수 있습니다. 지난날 매 순간의 기억들이 마치 어제 제 핏속을 통과한 것처럼 따끈따끈하게, 샘솟듯 생생하게 느껴집니다.

그때 전 오로지 당신 안에서만 살았습니다. 당신의 책을 모조리 샀고, 당신 이름이 신문에 나는 날은 축제일이었습니다. 제가 당신 책을 너무나 자주 읽어 한 줄 한 줄 다 외울 수 있다는 것을 믿으시겠어요? 누군가가 한밤중에라도 자고 있는 저를 깨워 당신 책에서 한 구절을 뽑아 읽어준다면, 전 지금도, 십삼 년이 지난 지금도 그 다음 구절을 계속 이어갈 수 있을 겁니다. 마치 꿈속에서처럼 말입니다. 당신의 말 한 마디 한 마디는 복음이고 기도였습니다. 이 세상 전부, 그것 역시 오직 당신과 관련해서만 존재했습니다. 저는 빈의 신문에서 당신이 관심을 가질 만한 음악회나 공연에 관한 기사를 찾아서 읽었습니다. 그랬다가 저녁이 되면 멀리서 당신을 뒤따라가보는 겁니다. 지금쯤 그가 홀에 들어섰겠다, 그리고 지금쯤은 자리에 앉았겠다, 그렇게 생각하면서 말입니다. 전 그런 꿈을 수천 번도 더 꾸었습니다. 제가 딱 한 번, 당신을 음악회에서 본 적이 있기 때문이지요.

하지만 무엇 때문에 이 모든 것을 이야기하고 있는 걸까요? 미친 것처럼 자기 자신에게 분노하며, 그렇게도 비극적이고 희망 없는 어느 버려진 아이의 광적인 이야기를 왜 하고 있는 걸까요? 그것도 여자애를 전혀 모르고 상상조차 하지 못하는 사람에게 이 모든 것을 이야기하는 까닭이 무엇일까요? 그때 전 정말 어린아이였을까요? 저는 열일곱이 되고 열여덟이 되었습니다. 거리에 나가면 젊은이들이 저를 힐끔힐끔 뒤돌아보기 시작했지요. 하지만 전 그들을 불쾌하게만 여겼습니다. 사랑이든 혹은 당신 이외의 다른 누군가를 생각하면서 하는 사랑의 유희든, 저에겐 있을 수 없는 일이었고 상상할 수도 없는 낯선 것이었습니다. 그래요, 그것을 시도해보려는 것만으로도 이미 범죄처럼 여겨질 정도였으니까요. 물론 당신에 대한 저의 열정, 그것은 변함없이 그대로 남아 있었습니다. 단지 그것이 제 몸의 변화와 함께, 점점 깨어나는 감각과 더불어 더 작열하듯, 더 육체적으로, 더 여성적으로 변했을 뿐입니다. 둔감하고 무지했던 고집스러운 아이, 당신 집의 초인종을 울렸던 예전의 그 어린아이가 상상할 수 없었던 것, 오로지 그것만 생각했습니다. 바로 저를 당신에게 바치고 헌신하고자 하는 생각 말입니다.

주변 사람들은 제가 수줍음이 많고 부끄럼을 잘 탄다고 했습니다. (저는 제 비밀을 입 밖에 낸 적이 없습니다.) 하지만 저의 내면에서는 강철 같은 의지가 자라났고, 모든 생각과 열망은 한 가지에만 온통 쏠렸습니다. 그건 빈에 있는 당신에게 돌아가는 것이었습니다. 전 저의 의지를 힘껏 부여잡았어요. 다른 사람들 눈엔 그런 의지가 너무도 무의미하고 이해할 수 없는 것으로 보였을지도 모릅니다. 저의 새아버지는 재력이 있었고 저를 친딸처럼 대해주었습니다. 하지만 전 스스로 돈을 벌겠다고 고집을 부렸고, 마침내 빈에 있는 친척 집에 가서 커다란 옷가게 점원으로 취직을 했습니다.

어느 안개 낀 가을날, 마침내, 마침내 빈에 도착했을 때, 저의 첫 행선지가 어디였는지 당신에게 말씀드려야 할까요? 전 트렁크를 역에 두고 전차에 돌진하듯 올라탔습니다. (그때 그 전차는 얼마나 느릿느릿 더디게만 가던지, 그리고 역마다 정차하는 것이 왜 그리 짜증이 나던지.) 전 그 집으로 달려갔습니다. 당신의 창문에는 불이 밝혀져 있었고, 제 심장은 마구 쿵쾅댔습니다. 그제야 비로소 그리도 낯설고, 그리도 무의미하게 웅성대던 그 도시가 살아났고, 그제야 비로소 제가 다시 살아났습니다. 그건 제가 당신을, 바로 저의 영원한 꿈인 당신을 가까이서 그려볼 수 있었기 때문입니다. 이제 당신과 환히 빛나는 제 눈빛 사이에 존재하는 것이라고는 오직 불 밝힌 당신 창문의 얇은 유리뿐인 그 순간에도, 전 사실 당신의 의식으로부터는 산을 넘고 계곡과 강을 건너 저 멀리 떨어져 있는 것 같다는 것을 조금도 상상하지 못했습니다. 저는 그저 올려다보고 또 올려다볼 뿐이었습니다. 그곳에 빛이 있었고, 그곳에 집이 있었으며, 그곳에 당신이, 저의 세계가 있었습니다. 이 년 동안 저는 그 순간만을 꿈꾸어왔습니다. 이제 그 순간이 제게 선물처럼 주어졌습니다. 안개가 부드럽게 감싸 안은 저녁 내내, 저는 당신의 창에 불이 꺼질 때까지 그렇게 서 있었습니다. 그러고 나서야 제가 머물 곳을 찾았습니다.

매일 저녁 전 당신의 집 앞에 서 있었습니다. 여섯시까지는 가게에서 일했습니다. 힘들고 고된 일이었어요. 하지만 그 일은 제 마음에 들었습니다. 왜냐하면 일로 인한 스트레스가 저 자신의 불안함을 그다지 고통스럽지 않게 해주었기 때문입니다. 철제 셔터가 등 뒤에서 드르륵 소리를 내며 내려지면 전 곧바로 사랑의 목적지로 달려갔지요. 오직 당신을 보는 것, 한 번만이라도 당신을 만나는 것, 그것이 저의 유일한 소망이었습니다. 한 번만이라도 좋으니 멀리서라도 당신의 얼굴을 볼 수 있기를 바랐습니다. 그런데 일주일 정도 지나서 마침내 제가 당신을 만나는 일이 일어났습니다. 그것도 제가 전혀 예측하지 못했던 순간에 말입니다. 당신의 창문을 올려다보던 바로 그때, 당신은 길을 건너오고 있었습니다. 전 갑자기 다시 아이가 되었습니다. 바로 열세 살 무렵의 그 아이 말입니다. 피가 양 볼로 솟구쳐 오르는 것을 느꼈습니다. 당신의 눈길을 느껴보고자 열망했던 가장 깊은 내면의 충동과는 달리, 저도 모르게 고개를 푹 숙이고 번개처럼 재빨리 당신 곁을 쫓기듯 지나쳐 가버렸습니다. 나중에는 여학생처럼 수줍어하며 달아난 일을 무척 부끄럽게 생각했습니다. 그때 당신을 보고자 했던 저의 의지는 너무나 분명했습니다. 전 당신을 찾았고, 그 오랜 갈망으로 여러 해를 보낸 뒤에도 당신이 저를 알아봐주길 원했습니다. 전 당신으로부터 주목받고, 사랑받고 싶었습니다.

하지만 당신은 저를 오래도록 알아보지 못했습니다. 제가 매일 저녁 눈보라 속에서, 살을 에는 듯 날카로운 빈의 바람을 맞으면서 당신의 골목길에 서 있었는데도 말입니다. 어떤 때는 여러 시간 기다려도 헛수고였고, 어떤 때는 당신이 친구들과 함께 외출하는 것을 보기도 했지요. 여자들과 함께 가는 당신을 본 것도 두 번입니다. 그때 비로소 제가 성숙했다고 느꼈어요. 어떤 낯선 여인이 당신에게 꼭 붙어 팔짱을 끼고 가는 것을 보곤 제 영혼을 갈기갈기 찢듯 갑자기 심장에 경련을 느꼈을 때, 당신을 향한 제 마음의 새로운 면을 보았습니다. 놀라지는 않았습니다. 어렸을 때부터 여자들이 당신을 끊임없이 찾아온다는 것을 익히 알고 있었지만, 그땐 갑자기 왠지 모를 육체적인 통증을 느꼈습니다. 제 안에서 뭔가가 팽팽하게 긴장했고, 동시에 다른 여자와 공공연하게 육체적 친밀감을 보이는 당신에게 적개심과 질투를 느꼈습니다. 그래서 어느 날은 당신 집에서 멀리 떨어져 있어보기도 했습니다. 어린애 같은 자존심 때문이었습니다. 어쩌면 지금도 그럴지도 모르겠습니다. 그러나 그때는 저항하고 반항하는 그 공허한 저녁이 얼마나 무섭던지요. 다음날 저녁, 전 다시 당신 집 앞에서 겸손히 기다렸습니다. 마치 제가 운명을 다 바쳐 굳게 잠긴 당신의 삶 앞에 서 있듯, 그렇게 기다리면서 말입니다.

마침내 어느 날 저녁, 당신이 저를 알아보았습니다. 전 이미 저 멀리서 당신이 오는 것을 보았고, 당신을 피하지 않으리라 마음을 굳게 다졌지요. 우연히도 짐을 부리려는 차 때문에 길이 좁아져 당신은 어쩔 수 없이 저를 스치듯 지나가야 했습니다. 은연중에 당신의 무심한 눈길이 저를 스쳤고, 곧이어 당신의 눈길과 제 눈빛이 부딪치자마자 당신은 여성을 바라보는 그 눈빛으로, 부드럽게 감싸 안는 듯하면서 동시에 벗기는 듯한 눈빛으로, 포옹하는 듯하면서 이미 포박하는 듯한 눈빛으로 변했지요. 어린 시절 저를 여자로, 사랑하는 여자로 처음 깨어나게 해주었던 그 눈빛으로 말입니다. 일이 초 동안 그 눈길은 저를 붙잡았지요. 전 떠날 수 없었고, 떠나고 싶지도 않았습니다. 당신은 제 곁을 스쳐 지나갔어요. 심장은 고동쳤고 저도 모르게 걸음을 천천히 늦출 수밖에 없었습니다. 제가 억제할 수 없는 호기심에 몸을 돌려 그대로 방향을 바꾸지 못하고 서 있었듯, 당신도 멈추어 서더니 뒤돌아 저를 보았습니다. 당신이 호기심에 차서 저를 관심 있게 바라보는 모습에서 전 단번에 알 수 있었습니다. 당신이 저를 알아보지 못한다는 것을 말입니다.

당신은 저를 알아보지 못합니다. 그때도 그랬듯 당신은 결코 저를 알아보지 못했습니다. 사랑하는 그대여, 당신에게 그 순간의 절망을 어떻게 묘사해야 할까요? 당신이 저를 알아보지 못하는 이 운명을 고통스럽게 느낀 것은 그때가 처음이었습니다. 당신이 저를 알아보지 못했다는, 그리고 앞으로도 영원히 알아보지 못할 거라는 그런 운명을 전 한평생 견뎌왔고, 그 운명과 더불어 죽게 될 테지요. 어떻게 제가 이 절망을 묘사할 수 있을까요! 보세요, 인스브루크에서 보낸 그 이 년 동안 매 순간 당신을 생각했습니다. 빈에서 우리가 다시 만나는 상상 이외에 아무것도 하지 않고 보낸 그 시절, 전 그때그때 기분에 따라 가장 행복한 순간뿐 아니라 가능한 최악의 순간까지도 꿈꾸었습니다. 모든 가능성을 꿈으로 경험해보았다고 할 수 있습니다. 암울한 순간에는 당신이 저를 싫어할 거라고, 제가 너무 하찮고, 너무 추하고, 너무 귀찮게 굴어서 저를 무시할 거라고 상상했지요. 당신의 싫어하는 모습, 당신의 냉정한 모습, 당신의 무관심한 모습 그 모두를 열정적으로 상상했습니다. 그러나 이것, 제가 극심한 우울에 빠지거나 스스로를 과소평가하는 극단적인 상태에서도 미처 생각하지 못한 가장 무서운 상황은, 당신이 저라는 존재를 전혀 알아보지 못할 수도 있다는 것이었습니다. 그렇습니다, 지금이라면 이해할 수 있습니다. (아, 당신이 그것을 이해하도록 가르쳐준 셈이지요!) 어떤 소녀, 어떤 여인의 얼굴이 한 남자에겐 엄청난 변화일 수 있다는 사실을 지금은 이해합니다. 얼굴은 대개 거울에 지나지 않기 때문입니다. 때론 욕정을 비추고, 때론 어린아이다움을, 때론 피곤함을 비추는 거울입니다. 그런데 거울 속의 상은 너무도 쉽게 사라져버리기에, 그만큼 한 남자가 한 여인의 모습을 쉽게 잃어버릴 수 있지요. 얼굴에 비치는 나이는 명암에 따라 묘하게 변하고, 입는 옷에 따라 달라지기도 합니다. 체념한 이들은 그 사실을 잘 알고 있답니다. 그러나 아직 소녀였던 저는 당신의 망각을 이해할 수 없었습니다. 제가 당신을 끊임없이, 그리고 쉼 없이 생각하고 있으니 당신도 저를 종종 생각하고 기다려줘야 한다는 헛된 마음을 품었기 때문일 겁니다. 제가 당신에게 미미한 존재이며, 저에 대한 어떤 기억도 당신에게 남아 있지 않다고 확신했다면, 제가 어떻게 숨인들 쉴 수 있었겠습니까! 당신 마음속에 저를 알아볼 만한 그 어떤 것도 없으며, 당신 삶의 거미줄 같은 기억 한 오라기도 저와 연결된 것은 없다는 것을 보여주는 당신의 눈길 앞에서 정신이 퍼뜩 들었습니다. 그것이 현실로 떨어지는 최초의 추락이었고, 제 운명을 예감하는 최초의 순간이었습니다.

그때 당신은 저를 알아보지 못했습니다. 이틀 후 다시 만났을 때, 당신의 눈길은 어느 정도 친숙하게 저를 감싸는 듯했지만, 그때도 당신을 사랑하고 당신이 잠에서 깨워놓은 여자가 아니라 단지 귀여운 열여덟 살짜리 소녀로, 이틀 전 같은 곳에서 만난 소녀로만 보았지요. 당신은 저를 친절하게 바라보면서도 다소 놀라는 기색을 내비쳤습니다. 입가에는 가벼운 미소를 머금었고요. 당신은 저를 스쳐가며 지난번과 같이 금방 걸음을 늦추었지요. 저는 무척 떨렸지만 환호하며 당신이 저에게 말을 걸어주길 기도했어요. 처음으로 전 당신을 위해 살아 있다는 것을 느꼈습니다. 저도 걸음을 늦추었고, 이번엔 당신을 피하지 않았습니다. 뒤돌아보지는 않았지만 갑자기 당신이 제 뒤를 따라오고 있다는 것을 느꼈어요. 이제 당신의 사랑스러운 목소리가 저를 향해 처음으로 들려오리라 생각했지요. 제 안에 넘실대는 기대감으로 온몸이 마비되는 것 같았습니다. 저는 두려움에 멈춰 서지 않을 수 없었습니다. 심장이 방망이질 쳤습니다. 바로 그 순간, 당신이 제 옆으로 다가왔습니다. 당신은 특유의 경쾌하고 쾌활한 태도로 저에게 말을 걸었습니다. 마치 우리가 오래전부터 친구 사이였던 것처럼 말입니다. 아, 당신은 제가 누군지 도통 감을 잡지 못하더군요. 당신은 제 삶에 대해 조금도 알지 못했습니다. 너무나 매혹적으로 아무 선입견 없이 말을 걸어서, 제가 당신에게 대답할 수 있을 정도였습니다. 우리는 골목길을 따라 함께 걸었습니다. 당신은 저에게 함께 식사하지 않겠냐고 물었지요. 전 좋다고 말했어요. 어떻게 제가 당신을 거절할 수 있겠습니까?

우리는 작은 레스토랑에서 함께 식사를 했습니다. 그곳이 어디인지 혹시 기억하나요? 아, 아닙니다. 당신은 분명히 그날을 그와 같은 다른 저녁들과 구분하지 못할 겁니다. 제가 당신한테 어떤 존재였겠습니까? 수백 명의 여자들 중 하나일 뿐이었겠지요. 끝없이 연애로 맺어진 관계들 속에서, 그저 하나의 모험담에 지나지 않았겠지요. 저에 관한 기억을 불러일으킬 만한 것이 무엇이 있을까요? 어쨌든 그때 전 거의 말을 하지 못했습니다. 당신이 가까이 있다는 것, 당신이 저에게 말을 걸었다는 것이 저를 한없이 행복하게 했기 때문입니다. 전 한순간도 질문이나 어리석은 말로 낭비하고 싶지 않았습니다. 당신 덕분에 그 시간을 절대 잊지 못할 것입니다. 열정적인 저의 경외심을 충만하게 채워주며, 부드럽고 경쾌하고 센스 있게, 당신은 전혀 치근대지 않았고, 절대 성급하게 애무하려고 들지 않았습니다. 첫 순간부터 너무나 확고한 우정 같은 친밀감을 보여주었기 때문에, 제가 오래전부터 온 마음을 다해 당신을 그리워했던 사람이 아니었을지라도 당신은 저를 가질 수 있었을 겁니다. 아, 당신은 모르실 거예요. 당신은 오년 동안 간직한 저의 유치한 기대감을 저버리지 않았고, 엄청난 존재와 같이 저를 충만하게 채워주었다는 것을 말입니다.

시간이 늦어서 우리는 자리에서 일어났습니다. 레스토랑 입구에서 당신은 제게 서둘러 가야 하는지 아니면 시간이 좀더 있는지 물으셨지요. 당신을 위해 늘 준비가 되어 있다는 사실을 제가 어떻게 숨길 수 있었겠습니까! 시간이 있다고 말했지요. 그러자 당신은 약간 망설였지만 재빨리 그런 기색을 감추며, 당신 집으로 가서 조금 더 이야기를 나누고 싶은지 물었지요. "기꺼이." 전 저의 느낌을 아주 확실하게 말했습니다. 그러자 당신은 제가 너무 빨리 동의한 것에 대해 어딘지 모르게 당혹스러워하는 것도 같고, 아니면 좋아하는 것 같기도 했어요. 어쨌든 놀라는 기색이 역력하다는 것을 전 이내 알아차렸습니다. 지금의 저라면 당신의 반응을 이해할 수 있습니다. 여자들은 육체적으로 받아들이고자 하는 욕망이 마음속에 불타오른다 해도 그런 마음을 숨기고 짐짓 놀라는 척하거나 아니면 화를 내는 것이 일반적이지요. 그런 식의 반응은 남자가 집요하게 부탁한다거나, 거짓말이나 맹세 혹은 약속을 하고 나서야 비로소 진정될 것입니다. 이젠 저도 압니다. 사랑에 있어 선수들이나 창녀들, 아니면 정말 순진하고 미숙한 소녀들이나 그러한 초대에 기꺼이 응한다는 것을 말입니다. 그러나 제 경우 그것은 그저 언어화된 의지였고, 매일매일 수없이 동경해왔던 것이 공처럼 뭉쳐져 터져나왔던 것뿐입니다. 아무튼 당신은 놀랐고, 저에게 관심을 갖기 시작했지요. 우리가 걷는 동안 당신이 옆에서 이야기하며 저를 유심히 바라보고 다소 놀라워하는 것을 느꼈답니다. 당신의 감정, 모든 인간적인 면에서 그리도 마성적인 당신의 감정은 그 귀엽고 싹싹한 소녀에게서 뭔가 예사롭지 않고 신비스러운 낌새를 금방 알아차렸지요. 당신 내면에 호기심이 발동했다는 것을 저의 신비를 더듬어보려고 주변을 맴돌며 슬며시 던지는 식의 질문들에서 알 수 있었지요. 하지만 전 당신을 피했습니다. 저의 신비를 당신에게 들키기보다 차라리 어리석게 보이려고 했습니다.

우리는 당신의 집으로 올라갔지요. 사랑하는 그대여, 그 복도, 그 계단이 저에게 어떤 의미를 지녔던지, 얼마나 황홀하고 또 얼마나 혼란스럽던지, 얼마나 고통스럽고 또 얼마나 치명적인 행복이었던지, 당신은 이해할 수 없다고 말해도 용서하세요. 지금도 전 눈물 없이는 그것들을 생각할 수 없답니다. 이제 더이상 가진 것이 없습니다. 그렇지만 그곳의 대상 하나하나가 흡사 저의 열정에 사로잡혔던 것 같고, 모든 것이 제 어린 시절의 상징이요 동경이었다는 것만은 알아주십시오. 당신을 수천 번이나 기다렸던 문 앞, 항상 당신의 발걸음 소리를 엿들었고, 그래서 당신을 처음 보았던 바로 그 계단, 제 영혼을 엿보았던 문에 붙은 작은 구멍, 무릎을 한 번 꿇은 적이 있는 당신 문 앞의 발판, 항상 엿보려고 숨어 있던 저를 깜짝 놀라 일어서게 했던 달

그락거리는 열쇠소리. 제 어린 시절의 모든 열정이 거기에, 그래요, 불과 몇 미터 안 되는 그 공간에 깃들어 있었습니다. 거기에 제 인생의 전부가 있었어요. 삶이 폭풍우처럼 제 앞에 무릎을 꿇었습니다. 그 모든 것이 이루어져 당신과 함께 가고 있으니, 당신과 함께 당신의 집으로, 우리 집으로 가고 있으니 말입니다. 생각해보세요. (진부하게 들릴지 모르지만 달리 표현할 길이 없네요.) 당신 집, 문 앞에 이르기까지의 모든 현실은 우중충한 일상일 뿐이었는데, 거기에서 아이가 꿈꾸었던 마법의 세계, 알라딘의 왕국이 시작되었다는 것을 생각해보세요. 그리고 불타는 두 눈으로 수천 번도 넘게 응시했던 그 문을 지금 비틀거리면서 들어서고 있다는 것을 한번 생각해보세요. 어렴풋이 짐작은 할 수 있을 겁니다. 그냥 짐작만 할 뿐, 결코 알 수는 없을 겁니다. 나의 사랑이여! 무너지는 듯한 그 순간이 제 삶에서 무엇을 가져갔는지.

그날 밤 내내 전 당신 집에 있었지요. 그전엔 어떤 남자도 제게 손을 댄 적이 없고, 더구나 제 몸을 느끼거나 본 적은 더더욱 없다는 것을 당신은 짐작도 하지 못했겠지요. 사랑하는 당신, 제가 어떤 저항도 하지 않았는데 당신이 어떻게 그걸 짐작할 수 있었겠습니까. 전 부끄러운 망설임을 억눌렀지요. 당신이 제 사랑의 비밀을 추측할 수 없도록 말이에요. 그 비밀을 알게 되면 분명히 놀랄 테니까요. 당신은 그저 유희적이고 무겁지 않은 것만을 좋아하니까요. 당신은 운명에 휘말리는 것을 두려워하니까요. 당신은 모든 것을, 세상 모든 것을 펑펑 낭비하고 싶어합니다. 결코 희생적인 삶을 살고 싶어하지 않지요. 사랑하는 그대여, 제가 지금 당신에게 순결을 바쳤다고 말씀드린다 해도 제발 오해하진 말아주세요! 당신을 원망하려는 것이 아니니까요. 당신은 저를 유혹한 것도, 거짓말로 꾀어낸 것도 아닙니다. 저 스스로 당신에게 다가갔고, 당신 가슴에 저를 내던진 겁니다. 바로 저를 제 운명에 던진 겁니다. 절대로 당신을 원망하지 않을 겁니다. 아니, 오히려 당신에게 항상 감사할 겁니다. 그날 밤이 제게 얼마나 풍요로웠던지, 얼마나 찬란한 쾌락의 불꽃을 피웠던지, 그득한 행복감에 젖어 하늘을 떠다니는 듯했습니다. 어둠 속에서 문득 눈을 뜨고 옆에 있는 당신을 느꼈을 때, 제 머리 위에 별들이 없다는 것이 이상하게 여겨질 정도였습니다. 그렇게 저는 하늘에 있는 듯했습니다. 아닙니다. 절대 후회하지 않습니다. 나의 사랑이여, 그 순간 때문에 후회한 적이 결코 없다는 것을 저는 잘 압니다. 당신이 자고 있을 때 당신의 숨소리를 들었고, 당신의 몸을 느끼고 당신 곁에서 저 자신을 느꼈을 때, 전 너무 행복한 나머지 어둠 속에서 울고 말았습니다.

다음날 아침, 저는 서둘러 그 집을 떠났습니다. 가게에 나가봐야 하기도 했지만 무엇보다 하인이 오기 전에 떠나고 싶었습니다. 그가 저를 보면 안 되니까요. 제가 옷을 입고 당신 앞에 섰을 때, 당신은 제 팔을 잡고 저를 바라보았어요. 그때 당신 안에서 동요하던 것이 혹시 어떤 기억이었나요? 흐릿하나마 저 멀리서 떠오르는 기억이었나요? 아니면 그때 제 모습이 그저 예쁘고 행복해 보였을 뿐이었나요? 당신은 저에게 입을 맞추었어요. 저는 살짝 빠져나가려고 했습니다. 그때 당신이 물었지요. "꽃을 좀 가져가겠어요?" 저는 그러겠다고 대답했지요. 당신은 책상 위에 있는 파란 크리스털 꽃병에서—아, 어린 시절 단 한 번 훔쳐보듯 했던 그 꽃병이었습니다—하얀 장미 네 송이를 뽑아 저에게 주었지요. 전 하루 종일 그 꽃에 입을 맞추었답니다.

헤어지기 전에 우리는 다른 날 저녁에 또 만나기로 약속했습니다. 저는 나갔지요. 다시금 멋진 밤이었습니다. 당신은 제게 세번째 밤도 선사했습니다. 그리고 여행을 떠나야 한다고 말했어요. 오, 어릴 때부터 당신이 여행을 떠나는 걸 얼마나 싫어했던지요! 당신은 여행에서 돌아오면 바로 저에게 알리겠다고 약속했습니다. 전 당신에게 사서함 주소를 드렸지요. 제 이름을 당신에게 알리고 싶지 않았어요. 비밀을 간직하고 싶었거든요. 당신은 다시 몇 송이 장미를 작별인사로 주었습니다. 작별인사로.

두 달 동안 저는 매일같이 소식을 확인했습니다…… 아, 아닙니다. 제가 왜 당신에게 기대와 절망이 교차하던 그 지옥 같은 고통에 대해 이야기하려는 걸까요. 전 당신을 원망하지 않습니다. 전 당신을 그 모습 그대로 사랑합니다. 뜨겁게 달아오르는 동시에 금방 망각하고, 열중하는 동시에 이내 불성실한 모습 그대로 전 당신을 사랑합니다. 늘 그래왔고 지금도 그런 당신을 있는 그대로 사랑합니다. 당신이 여행에서 돌아온 지는 꽤 되었습니다. 그건 불 밝힌 당신의 창문을 보고 알 수 있었지요. 그런데 당신은 저에게 편지를 쓰지 않았습니다. 이 마지막 순간까지 당신으로부터 편지 한 줄 받아본 적이 없습니다. 단 한 줄도. 그런 당신에게 제 인생을 바쳤지요. 전 기다렸습니다. 절망한 여인처럼 기다렸습니다. 그러나 당신은 저를 부르지 않았고, 저에게 편지 한 줄 쓰지 않았습니다…… 단 한 줄조차도……

제 아이가 어제 죽었습니다. 그 아이는 당신의 아이이기도 합니다.

사랑하는 그대여, 그 아이는 당신의 아이이기도 합니다. 그 삼 일간의 밤에 생긴 아이였습니다. 당신에게 맹세합니다. 죽음의 그림자 속에서 거짓말할 사람은 아무도 없습니다. 당신께 맹세하건대, 그 아이는 우리의 아이였습니다. 그때, 당신에게 저를 바쳤던 그때부터 아이가 제 몸 밖으로 힘들게 나오던 그 순간까지 다른 어떤 남자도 제게 손을 대지 않았으니까요. 당신과의 접촉으로 저 자신을 매우 존중하게 되었습니다. 내 전부인 당신과 나 자신을 나누었는데, 그저 스치고 지나는 사람들과 어떻게 저를 나눌 수 있었겠습니까? 사랑하는 그대여, 그 아이는 우리 아이였습니다. 저의 소중한 사랑과 당신의 가볍고 방종적이며 무의식적인 애욕 사이에서 태어난 아이였습니다. 우리 아이, 우리 아들이며, 하나밖에 없는 우리의 아이였습니다. 하지만 당신은 묻겠지요. (어쩌면 놀라서, 어쩌면 경악을 금치 못하면서.) 나의 사랑이여, 당신은 이제 물을 겁니다. 그렇게 오랫동안 아이에 대해 침묵하다가 왜 이제야 말하는 거냐고. 이제 아이는 어둠 속에서 영원히 잠들어 멀리 떠나버렸고 다시는 돌아올 수 없는데, 왜 이 지경에 이르러서야 그 아이 이야기를 하느냐고 말입니다. 그렇지만 어떻게 당신에게 그 아이 이야기를 할 수 있었겠습니까? 당신은 삼 일 밤 동안 기꺼이, 아무 저항 없이, 심지어 열망하면서 당신을 받아들인 낯선 여인을 결코 믿을 수 없었을 겁니다. 당신은 이름도 모른 채 무심히 만났던 여인을 믿을 수 없었을 테고, 더군다나 그녀가 당신에게, 자신에게 성실하지 않은 남자인 당신에게만 마음을 주었다는 말을 결코 믿을 수 없었을 겁니다. 아무 의심 없이 당신의 아이라고 인정할 수는 없었을 거예요! 설사 제 말들이 그럴듯하다고 해도, 당신은 속으로 제가 다른 남자와 지내면서 생긴 아이를 당신 같은 재산가에게 슬쩍 떠넘기려 한다는 의심을 완전히 떨쳐낼 수 없었을 겁니다. 당신은 저를 의심했을 테고, 의심의 그림자가, 잠시나마 당신과 저 사이에 서먹한 불신의 그림자가 드리워졌을 겁니다. 전 그런 걸 원하지 않았습니다. 게다가 전 당신이 어떤 사람인지 알고 있습니다. 당신이 스스로 알고 있는 것 못지않게 잘 알지요. 아무런 걱정 없이 경쾌하고 유희적인 사람을 좋아하는 당신에게 갑자기 아버지라는, 갑자기 그런 운명을 책임지라고 한다면 당혹스러워할 거라는 것도 잘 알고 있답니다. 당신이라는 분은 자유 속에서만 숨을 쉴 수 있는데, 왠지 모르게 저에게 묶여 있다고 느꼈을 테지요. 그러면 당신은 저를, 그렇게 구속한 저를 증오했을 겁니다. 그래요, 당신은 본래의 깨어 있는 의지와 무관하게 그렇게 했을 거라는 것도 저는 알고 있습니다. 어쩌면 단 몇 시간, 혹은 단 몇 초만이라도 당신에게 귀찮은 존재였다면 당신은 저를 증오했을 거예요. 하지만 전 자존심을 지키고 싶었습니다. 당신이 저를 생각할 때 한평생 걱정 없이 떠올릴 수 있기를 바랐습니다. 당신에게 짐이 되기보다는 차라리 저 스스로 모든 것을 감당하고 싶었습니다. 그래서 당신의 모든 여인들 중에서 항상 사랑과 감사의 마음으로 생각하는 유일한 여자이기를 원했습니다. 그렇지만 당신은 저를 생각한 적도 없지요. 저를 잊었으니 말입니다.

나의 사랑이여, 저는 당신을 원망하지 않습니다. 아니, 결코 당신을 원망하지 않아요. 혹시 펜 끝에 언짢은 기색이 한 방울이라도 묻어났거든 용서하세요. 절 용서하세요. 제 아이, 우리의 아이가 저기 흔들리는 촛불 아래 죽은 채 누워 있어요. 신을 향해 불끈 쥔 주먹을 내밀며 살인자라 부르기도 했습니다. 감각이 슬픔에 잠겨 혼란스럽기만 합니다. 저의 한탄을 용서하세요. 저를 용서하세요. 네, 압니다. 당신은 좋은 분이고, 당신께 도움을 청하는 사람들을 정성껏 도우며, 당신의 도움을 바라는 이가 아주 생경한 사람이라 해도 그러리라는 것을 잘 압니다. 그러나 당신의 호의는 아주 특별합니다. 누구에게나 열려 있어 손을 내밀어 잡으려고만 한다면 언제나 잡을 수 있습니다. 당신의 호의는 한없이 위대합니다. 그러나 당신의 호의는─이런 말을 하는 저를 용서하세요─타성에 젖었습니다. 당신은 부탁을 받았을 때에나 호의를 보이고, 그것이 받아들여지길 원하지요. 당신은 누군가가 도움을 청하면 도와줍니다. 그러나 그건 당신이 부끄러워하고 유약한 면이 있기 때문에 그런 것이지, 기꺼이 좋아서 돕는 건 아니지요. 솔직히 말씀드리면, 당신은 고난과 고통에 처한 사람보다 행복한 형제를 더 좋아하지는 않습니다. 당신 같은 사람들, 그런 사람들 가운데 가장 선량한 사람들, 그들에게 도움을 청하기는 어렵습니다. 제가 어렸을 때, 한번은 문에 있는 작은 구멍을 통해서 당신 집 초인종을 누른 거지에게 당신이 뭔가 주는 것을 본 적이 있습니다. 당신은 그 거지에게 재빨리 상당히 많은 것을 주었지요. 그가 당신에게 구걸하기도 전에 말입니다. 당신은 어느 정도 두려운 마음에 서둘러 그걸 건네주었던 겁니다. 그저 어서 가주길 바라면서요. 당신은 그와 시선이 마주치는 것을 두려워하는 듯했습니다. 불안해하고 부끄러워하던 당신의 태도를 전 결코 잊지 못합니다. 그래서 저는 당신을 찾지 않았던 겁니다. 물론 잘 압니다. 설사 그 아이가 당신 아이라는 확신이 없어도 그때 저를 후원했으리라는 것을. 당신은 저를 위로하며 돈을 주었을 겁니다. 그것도 아주 많은 돈을. 하지만 항상 뭔지 모르게 불안해하며 그런 불편함을 떨쳐내려 했을 겁니다. 그래요, 심지어 아이를 빨리 없애라고 저를 설득했을 거란 생각도 들었습니다. 무엇보다 그것이 가장 두려웠어요. 제가 당신이 바라는 대로 하지 않은 것이 있던가요? 어떻게 제가 당신을 거역할 수 있겠습니까! 하지만 아이는 저의 전부였습니다. 그 아이는 당신 아이였고, 또 하나의 당신이었지요. 그것도 제가 더이상 붙잡을 수 없는 행복하고 근심 걱정 없는 당신이 아니라 영원히―영원하다 말하고 싶어요―저에게 주어진 당신이었고, 제 몸 안에 품고 제 삶에 묶인 당신이었지요. 마침내 당신을 붙잡은 것입니다. 저는 혈관을 통해 당신이, 당신의 생명이 자라나는 것을 느낄 수 있었지요. 당신을 먹이고, 제 영혼이 원할 때마다 애무하고 키스할 수도 있었습니다. 사랑하는 그대여, 그래서 당신의 아이를 가졌다는 것을 알았을 때 너무나 행복했답니다. 그래서 당신에게 말하지 않았던 겁니다. 당신은 저에게서 더이상 달아날 수 없었으니까요.

　사랑하는 그대여, 물론 그건 제가 상상했던 것처럼 그렇게 축복받은 황홀한 시간만은 아니었습니다. 공포와 고통이 가득했던 때도 있었고, 인간의 비천함에 역겨워한 때도 있었지요. 저에겐 쉽지 않았습니다. 마지막 몇 개월 동안 전 가게에도 나갈 수 없었습니다. 친척들 눈에 띄지 않으려고, 그들이 집에 알리지 못하게 하려고 그랬지요. 어머니에게 한 푼도 받고 싶지 않았습니다. 그래서 가지고 있던 약간의 보석을 팔아 해산할 때까지 간신히 연명했습니다. 해산 일주일 전, 장롱에 남아 있던 마지막 돈 몇 푼을 세탁부가 훔쳐간 바람에 전 조산시설로 가야만 했어요. 그곳은 정말 찢어지게 가난한 사람들, 쫓겨난 사람들, 버림받은 사람들이나 할 수 없이 가는 곳이었지요. 그런 비참한 쓰레기 더미 같은 곳에서, 아이가, 바로 당신의 아이가 태어났습니다. 거기서는 꼭 죽을 것만 같았습니다. 모든 것이 낯설기만, 너무나 낯설기만 했고, 거기에 누워 있던 우리들도 서로가 낯설게만 느껴졌지요. 외로우면서도 다른 사람을 미워하는 마음이 가득했습니다. 그들은 비참하고 비슷한 고통 때문에 소독약과 피 냄새, 비명과 신음소리 가득한 그 음침한 곳으로 가게 된 것입니다. 가난한 이들이 굴욕을 당하고 정신적 육체적 수모를 겪으면서 참아내야 하는 것들, 같은 처지라며 험한 짓을 해대는 창녀, 환자들과 함께 지내면서 그것을 견뎌야 했습니다. 음흉한 미소를 지으며 무력한 여인들의 이불을 들추거나 엉터리 과학을 운운하며 그들을 더듬어대는 젊은 의사들의 빈정거림, 간호사들의 게걸스러운 물욕을 견뎌내야 했습니다. 아, 그곳은 인간의 수치심이 그들의 눈빛만으로도 십자가에 못 박히고 몇 마디 말로도 채찍질당하는 곳입니다. 그곳에선 이름표만이 자신을 나타낼 뿐, 침대에 누워 있는 것은 그저 꿈틀거리는 한 줌의 육체에 지나지 않았고, 호기심 가득한 자들이 함부로 만져대는 관찰과 연구의 대상일 뿐이었습니다. 아, 애정 어린 마음으로 집에서 기다리는 남편에게 아이를 선사하는 여자들은 그것이 어떤 건지 알 수 없습니다. 혼자서, 방어할 아무 힘도 없이, 실험대 같은 곳에서 아이를 낳는다는 것이 어떤 건지 모르고말고요! 그래서 전 요즘도 책에서 지옥이라는 단어를 읽으면 갑자기 저의 의지와는 무관하게 온갖 냄새가 진동하고 한숨과 웃음소리와 피비린내 나는 비명소리로 가득했던 그곳, 치욕의 도살장 같았던 그곳을 떠올리게 됩니다.

용서하세요, 제가 그곳에 대해 이야기하는 것을 용서하세요. 이번만 말하고 다시는, 절대로 다시는 말하지 않겠습니다. 십일 년 동안 저는 그것에 대해 침묵했으며 이제 곧 영원히 입을 다물게 될 것입니다. 그렇지만 한 번은 큰 소리로 외치고 싶었어요. 저 아이, 축복이었던 저 아이를, 이제는 숨도 쉬지 않고 누워 있는 저 아이를 얼마나 큰 대가를 치르며 얻었는지 한 번은 소리쳐 말하고 싶었습니다. 전 이미 잊었습니다. 그때 그 시간들을 말입니다. 이미 오래전에 아이의 미소, 아이의 목소리, 그런 행복 속에서 그 시간들을 다 잊었습니다. 하지만 지금, 그 아이가 죽은 이 순간, 그 고통이 생생히 되살아나고 있습니다. 저는 그 고통을 영혼의 절규로 소리치지 않을 수 없습니다. 이번 한 번만, 이번 한 번만이라도 말입니다. 당신을 원망하는 것은 아닙니다. 오로지 신을, 그 고통을 무의미하게 만들어버린 신을 원망하는 겁니다. 당신을 원망하지 않습니다. 맹세합니다. 전 결코 분노하며 당신에게 반항하지 않았습니다. 온몸을 더듬는 듯한 의대생들의 눈길에 제 몸이 수치심으로 뜨겁게 달아오르던 그 순간에도, 산고가 제 영혼을 갈기갈기 찢어놓던 그 순간에도, 신 앞에서 저는 당신을 원망하지 않았습니다. 결코 그날 밤들을 후회하지도, 당신에 대한 저의 사랑을 욕하지도 않았지요. 언제나 당신을 사랑했고, 당신을 만났던 그 시간을 늘 축복이라고 생각했습니다. 다시 한번 그 지옥의 시간을 통과해야만 하고, 저에게 무슨 일이 일어날지 미리 안다고 해도, 사랑하는 그대여, 전 다시, 수천 번이라도 다시 그랬을 겁니다!

우리 아이가 어제 죽었습니다. 당신은 그 아이를 보지 못했지요. 길을 지나다 우연히 만났더라도 당신이 온전히 담긴, 꽃처럼 피어나던 어린 생명은 당신의 눈길 한번 느껴보지 못한 채 그저 스쳐 지나갔을 겁니다. 아이를 갖게 되자 전 오랫동안 당신 앞에 나타나지 않고 숨어 지냈어요. 당신을 향한 저의 동경이 덜 고통스럽게 느껴졌습니다. 그 래요, 생각해보니 당신을 향한 열정이 좀 줄어든 것 같았어요. 적어도 그 아이를 선물처럼 갖게 된 후로는 사랑 때문에 그렇게 고통스러워 하진 않았습니다. 저 자신을 당신과 아이, 둘에게 반씩 나누어줄 수는 없었습니다. 그래서 행복한 당신, 제 삶을 스쳐 지나간 당신에게 저를 드리는 대신에 그 아이, 저를 필요로 하고 제가 먹여주어야 하는 아 이, 입을 맞추고 안아줄 수도 있는 아이에게 저를 바쳤습니다. 전 당 신에 대한 불안감, 그런 저주로부터 구원받은 것만 같았어요. 또 다른 당신인 그 아이를 통해서 말입니다. 그러나 그 아이는 물론 제 아이이 기도 했지요. 드물긴 했지만 아주 가끔 제 마음이 겸허하게 당신의 집 쪽으로 내달았습니다. 단 한 가지, 당신께 해드린 것이 있습니다. 당 신 생일이면 늘 하얀 장미 한 다발을 당신께 보냈습니다. 그때, 우리 가 사랑의 첫날밤을 보낸 다음 당신이 제게 선물한 것과 똑같은 하얀 장미를 보냈어요. 당신은 지난 십 년, 아니 십일 년 동안 누가 꽃다발 을 보냈는지 스스로 물어보기나 했을지, 혹시 당신이 언젠가 그런 장 미를 선물했던 그 여자를 기억했을지 저는 모르겠습니다. 아마 당신 의 대답을 듣지는 못할 겁니다. 다만 어둠 속에서 그 꽃을 당신에게 건네면서 일 년에 한 번, 그때 그 순간의 기억을 아름답게 꽃피우는 것, 그것으로 전 만족했습니다.

당신은 그 아이, 우리의 가련한 아이를 보지도 못했습니다. 당신에게 아이를 숨겼던 저 자신이 오늘은 원망스러워요. 당신이 그 아이를 알았더라면 사랑해주셨을지도 모르니까요. 당신은 그 아이를, 가련한 그 사내아이를 한 번도 보지 못했고, 그 애가 웃는 모습도 보지 못했지요. 그 아이가 소리 없이 눈을 떠서 그 까맣고 영리한 눈으로— 당신 눈을 쏙 빼닮았지요—맑고 밝은 빛을 저에게, 이 세상에 던지던 모습을 보지 못했지요. 아, 그 애는 아주 쾌활하고 사랑스러웠답니다. 당신의 경쾌한 성격이, 당신의 민첩하고 감동적인 상상력이 그 아이에게서 새롭게 나타나곤 했지요. 당신이 삶을 유희하듯, 그 아이도 여러 시간 무언가에 푹 빠져 놀았습니다. 그런 다음, 진지하게 눈썹을 치켜 올리고 책 앞에 침착하게 앉을 줄도 알았지요. 그 아이는 점점 더 당신을 닮아갔습니다. 그 아이에게는 이미 당신의 모습인 진지함과 유희의 이중성이 두드러지게 나타났고, 그 애가 당신을 닮아갈수록 점점 더 그 아이를 사랑하게 되었습니다. 그 아이는 공부도 잘했고, 프랑스어로 어린 까치처럼 재잘대기도 했습니다. 그 애의 노트는 반에서 가장 깨끗했으며 그 모습은 너무나 귀여웠지요. 까만 실크 양복이나 하얀 세일러 재킷을 입으면 너무도 우아하고 멋있어 보였습니다. 그 애는 어디를 가든 항상 사람들 중에서 가장 우아했어요. 그 애와 함께 간 그라도 해변에서는 여자들이 멈추어 서서 그 애의 긴 금발을 쓰다듬었고, 제메링*에서 스키를 탔을 때는 사람들이 경탄하며 아이를 돌아보곤 했습니다. 정말 귀엽고 유순하고 붙임성이 있었지요. 그 애가 작년에 테레지아눔** 기숙사에 들어갔을 때인데, 교복

---

* 오스트리아에 있는 알프스 산중의 고개.
** 1746년 오스트리아의 여제 마리아 테레지아가 설립한 교육기관.

을 입고 작은 칼을 찬 모습이 마치 18세기 귀족청년 같았답니다. 하지만 지금 그 아이는 셔츠만 입고 있네요. 가련한 아이가 창백한 입술에 두 손을 가지런히 모은 채 저기 누워 있습니다.

혹시…… 제게 물어보고 싶을지도 모르겠네요. 어떻게 그 아이를 사치스럽게 가르칠 수 있었는지, 어떻게 밝고 쾌활한 상류사회의 길을 열어줄 수 있었는지 말입니다. 사랑하는 그대여, 저를 드러내지 않은 채 어둠 속에서 말하긴 하지만, 저는 전혀 부끄럽다고 생각하지 않습니다. 당신에게 말씀드리겠습니다. 놀라지는 마십시오. 사랑하는 그대여, 전 몸을 팔았습니다. 거리의 여자라고들 부르는 그런 창녀가 되지는 않았지만, 전 제 몸을 팔았습니다. 제겐 부자 친구들, 부자 애인들이 있었습니다. 처음엔 제가 그들을 찾아 나섰지만 나중에는 그들이 저를 찾았습니다. 제가 아주 예뻤기 때문이지요. 그걸 당신은 그때 느끼셨나요? 제가 몸을 맡긴 남자는 모두 저를 사랑했지요. 저에게 고마워했고, 매달리며 사랑했습니다. 당신만이 예외였어요. 제가 사랑하는 당신만은 그러지 않았습니다!

제가 몸을 팔았다고 솔직히 털어놓았으니 이제 절 경멸하실까요? 아니겠지요. 당신이 절 경멸하지 않으리라는 걸 압니다. 당신은 모든 것을 이해할 뿐 아니라 이 일이 당신을 위한 것임을 이해하실 겁니다. 바로 당신의 또 다른 저를 위해, 당신의 아이를 위해 그랬다는 것을 이해하실 겁니다. 그 조산시설의 분만실에서 끔찍한 가난을 맛보았던 그때, 이 세상에서 가난한 사람은 항상 짓밟히고 천대받으며 희생당한다는 것을 알게 되었어요. 전 어떤 일이 있어도 당신의 아이, 당신의 밝고 맑은 아이가 저 밑바닥의 쓰레기 더미 속에서, 곰팡내 나는 음침한 곳에서, 비천하기 그지없는 골목길에서, 병균이 우글거리고 악취가 풍기는 후미진 뒤채에서 자라는 일이 없게 하고 싶었습니다. 아이의 부드러운 입이 시궁창의 말들을 알게 해서도 안 되며, 그 하얀 몸이 가난뱅이의 구질구질한 속옷을 걸치게 해서도 안 된다고 생각했습니다. 당신의 아이는 모든 것을, 세상의 모든 부와 즐거움을 누릴 수 있어야 했고, 그러면서 당신에게로, 당신 삶의 영역으로 올라가야만 했습니다.

그래서, 오로지 그것을 위해서, 나의 사랑이여, 제가 몸을 팔았던 겁니다. 저는 그것을 절대 희생이라고 생각하지 않았습니다. 흔히 명예니 수치니 하는 것들, 그것들은 제게 아무 의미가 없으니 말입니다. 당신이 저를 사랑하지 않는데, 당신, 제 몸이 속했던 유일한 분인 당신이 저를 사랑하지 않는데, 제 몸에 무슨 일이 일어난들 상관없는 일로 느껴졌습니다. 남자들의 애무도, 그들의 깊은 내면에서 우러나오는 열정도 제 마음 깊은 곳을 건드리지 못했습니다. 물론 그들 중 몇몇은 정말 존중하지 않을 수 없었으며, 예기치 못한 그들의 사랑에 대한 동정심이 제 운명을 상기시키며 저를 종종 흔들어놓은 적이 있었어도 그랬어요. 제가 알고 지낸 그들 모두 저에게 잘해주었습니다. 모두들 제가 원하는 것을 다 들어주었고 저를 존중해주었어요. 그중에서도 한 분, 부인과 사별한 나이 지긋한 백작이 아버지 없는 아이, 당신의 아이를 테레지아눔에 입학시키려 발이 닳도록 학교를 드나들었지요. 그분은 저를 딸처럼 사랑했습니다. 세 번, 네 번 그가 제게 청혼을 했습니다. 그의 청혼을 받아들였다면 전 지금 백작부인이 되었을 테고, 티롤에 있는 요술나라 같은 성의 안주인으로 근심 없이 살 수도 있겠지요. 아이에게 자상한 아버지가 생겨 아이를 떠받들어줄 수 있고, 저도 조용하고 고상하고 선한 남편을 곁에 둘 수 있었을 테니까요. 하지만 전 그렇게 하지 않았습니다. 그분은 그토록 열정적으로 그토록 자주 다가왔지만, 그럴수록 전 거부하면서 그를 아프게 했습니다. 어리석은 짓이었는지도 모르겠어요. 그와 결혼했더라면 전 지금 어디선가 평안하고 아늑하게 살고 있을 테고 아이도 저와 함께 사랑받았을 테니까요. 하지만―당신께 고백하지 못할 이유는 없겠지요―전 누군가에게 얽매이고 싶지 않았습니다. 당신을 위해서 언제라도 자유롭게 남아 있고 싶었습니다. 내면 가장 깊은 곳, 제 무의식속에 어린 시절의 꿈이 여전히 살아 있었던 겁니다. 비록 단 한 시간의 만남이 되더라도, 당신이 저를 부를지도 모른다는 꿈 말입니다. 혹시 모를 그 한 시간을 위해서, 당신이 부르면 즉시 자유롭게 달려가기 위해서 전 모든 것을 물리쳤습니다. 어린 시절에서 깨어난 이후 제 삶은 기다림과는, 단순히 당신 마음이 움직일 때까지 기다리던 것과는 달랐던 겁니다!

그리고 그 시간, 그 순간이 정말로 찾아왔습니다. 하지만 당신은 모르지요. 사랑하는 그대여, 당신은 상상도 하지 못했을 겁니다. 그리고 그때도 저를 알아보지 못했습니다. 결코…… 결코…… 결단코 당신은 저를 알아보지 못했습니다. 전 이미 그전에도 당신을 이따금씩 보았습니다. 극장에서, 음악회에서, 프라터 공원에서, 그리고 거리에서도 보았지요. 그때마다 심장이 두근거렸지만 당신의 눈길은 저를 무심히 스쳐갔습니다. 그래요, 겉으로 보기에 전 아주 다른 여자가 되어 있었지요. 수줍어하던 소녀에서 어느덧 여인이 되었으니까요. 사람들

말에 따르면 아름다운 여인이 되었다고 합니다. 값비싼 옷을 입고 저를 연모하는 사람들에게 둘러싸였지요. 당신이 지금 제 모습에서 지난날 당신의 침실 희미한 불빛 아래서 수줍어하던 한 소녀의 모습을 짐작이나 할 수 있겠습니까! 이따금 저와 함께 다니던 신사들 중의 한 분이 당신에게 인사한 적도 있지요. 당신은 감사의 말을 하면서 저를 바라보기도 했습니다. 하지만 당신의 눈길은 공손하면서도 낯설기만 했지요. 존중하는 듯했지만 결코 알아보지 못했어요. 낯설기만, 몸서리쳐지게 낯설기만 했습니다. 아직도 생생하게 기억이 나는데……

한번은 이런 일이 있었습니다. 그때는 당신이 저를 알아보지 못하는 것에 대해 거의 익숙해졌는데도 갑자기 그 사실로 인해 속이 타는 듯한 고통을 느꼈습니다. 전 남자친구와 함께 오페라 극장의 특별석에 앉아 있었는데, 당신이 바로 옆 칸에 계셨지요. 서곡이 울리며 불이 꺼지자 전 당신의 얼굴을 더이상 볼 수 없었답니다. 그저 당신이 제 옆에 앉은 것처럼 숨결만 아주 가깝게 느꼈지요. 마치 그때, 그날 밤에 느꼈던 것처럼 말입니다. 당신은 우리 자리를 구분하는 칸막이의 벨벳이 대어진 난간 위에 손을 걸쳐놓고 계셨습니다. 전 당신의 섬세하고 부드러운 손, 그 낯설면서도 사랑스러운 손, 한때 저를 안아주던 부드러운 그 손에 허리 굽혀 겸손하게 입 맞추고 싶은 욕망에 사로잡히고 말았습니다. 주위로 음악이 파도치듯 진동했고, 그 욕망은 점점 더 강해졌어요. 전 경련을 일으키며 어마어마한 파괴력으로 터져버릴 것만 같았습니다. 제 입술은 그렇게 격렬하게 당신의 사랑스러운 손에 이끌렸답니다. 1막이 끝난 후 전 친구에게 나가자고 간청했습니다. 당신을 바로 옆에, 그렇게 가까이에 두고도 낯모르는 사람처럼 어둠 속에서 바라보아야 하는 것을 더이상 참을 수가 없었습니다.

하지만 그 시간이 왔습니다. 다시 한번 왔던 겁니다. 생매장된 듯한 제 삶에 찾아온 마지막 기회였습니다. 일 년 전쯤이었어요. 당신 생일 바로 다음날이었습니다. 당신 생일을 항상 축제일처럼 기념해서 그런지 이상하게도 하루 종일 당신을 생각했답니다. 꽤 이른 아침에 나가서 하얀 장미를 샀습니다. 전 당신이 까마득히 잊고 만 그 시간을 상기시키기 위해 매년 당신에게 하얀 장미를 보냈지요. 오후엔 아이를 데리고 데멜 제과점*에 들렀다가 저녁엔 극장에 갔어요. 전 아이가 그날의 의미는 모른다고 해도 왠지 어렸을 때부터 신비스러운 축제일로 느끼게 해주고 싶었습니다. 그리고 바로 다음날, 전 남자친구와 함께 있었습니다. 젊고 부유한 브륀의 공장주인 그와 전 이 년 전부터 같이 살았어요. 그 사람은 저를 신처럼 떠받들며 원하는 것을 다 들어주었고 다른 남자들이 그랬듯 저에게 청혼했지만, 역시 다른 이들과 마찬가지로 별 이유 없이 거절했지요. 저와 아이에게 선물을 가득 안겨주고, 다소 둔하고 머슴 같은 친절을 보이는 그 사람이 사랑스럽기는 했지만 거절했습니다. 우린 함께 음악회에 갔습니다. 거기서 쾌활한 사교모임을 만나 링슈트라세 식당에서 저녁식사를 했지요. 그곳에서 한참 웃고 떠들며 얘기하던 중에 제가 '타바린'이라는 댄스홀에 가자고 제안했어요. 사실 모든 '밤문화'가 그렇듯, 술의 힘으로 쾌활해지는 그런 종류의 클럽을 전 싫어했고, 누군가가 그런 제안을 하면 늘 거부했었지요. 그런데 이번에는 알 수 없는 마력이 제 안에 느껴졌습

* 오스트리아 빈에 있는 유명한 제과점.

니다. 그 마력에 무의식적으로, 즐거운 분위기에서 흥분한 사람들 가운데로 불쑥 그런 제안을 하게 되었던 겁니다. 갑자기 설명할 수 없는 욕망을 느꼈습니다. 마치 그곳에 뭔가 특별한 것이 나를 기다리고 있는 것만 같았거든요. 저를 호의적으로 대하는 데 익숙한 분들이라 모두 흔쾌히 자리에서 일어나 그리로 갔습니다. 샴페인도 마셨어요. 갑자기 아주 미칠 듯한 쾌감, 그래요, 거의 아픔으로까지 느껴지는, 지금까지 전혀 느껴보지 못했던 쾌감이 저를 엄습했습니다. 저는 술을 마시고 또 마셨고, 유치한 노래들을 함께 불렀습니다. 마치 춤추고 환호성을 지르라고 누군가 강요하는 것만 같았습니다. 저는 갑자기 벌떡 일어섰습니다. 뭔가 차가운, 아니 어쩌면 아주 뜨거운 것이었는지도 모를 뭔가가 갑자기 제 심장 위에 놓이는 것만 같았습니다. 바로 옆 테이블에 당신이 친구 몇 명과 함께 앉아 경탄하면서 욕망하는 눈길로, 늘 내면으로부터 제 온몸을 파헤치는 듯한 당신만의 그 눈길로 저를 바라보고 있었던 겁니다. 십 년 만에 처음으로 당신이 저를 알아보았던 겁니다. 무의식적이며 열정적인 당신 본연의 힘으로 말입니다. 전 떨렸습니다. 하마터면 높이 치켜든 잔을 손에서 놓쳐 떨어뜨릴 뻔했습니다. 다행히도 테이블에 함께 둘러앉은 친구들은 혼란스러워하는 제 모습을 알아채지 못했습니다. 웃음소리와 쿵쿵거리는 음악 속에서 그들도 정신이 없었을 테니까요.

당신의 눈빛은 점점 더 뜨겁게 타올랐고, 저를 완전히 그 불길 속에 빠뜨렸습니다. 당신이 저를 마침내 알아보았는지 아니면 저를 다른 여자로, 어떤 낯선 여인으로 새롭게 욕망하는 것인지는 알 수 없었습니다. 양 볼에 피가 몰리며 후끈 달아올랐습니다. 전 친구들의 질문에 집중하지 못하고 딴소리만 했습니다. 당신 눈빛에 제가 얼마나 당황했는지 당신은 분명히 알아차렸습니다. 다른 사람들이 눈치채지 못하게 당신은 고개를 움직여 신호를 보냈지요. 전 잠깐 나갔다 오려고 했습니다. 그런데 당신은 보란 듯이 술값을 지불하고 친구들과 작별 인사를 나누더니 밖으로 나가셨지요. 나가기 전에 다시 한번, 바깥에서 저를 기다릴 거라는 암시도 하지 않고 말입니다. 전 오한이 든 듯, 열병에 걸린 듯 덜덜 떨었습니다. 더이상 아무 말도 할 수 없었고, 솟구쳐 오르는 피를 제어할 수도 없었습니다. 바로 그때, 우연히도 흑인 무용수 한 쌍이 따닥따닥 구두소리를 내며 이상한 춤을 추기 시작했지요. 모두가 그들을 뚫어져라 쳐다보았습니다. 전 그 순간을 이용했어요. 자리에서 일어나 친구에게 금방 돌아오겠다고 말하고는 당신의 뒤를 따라갔습니다.

당신은 바깥 출입문에 못 미쳐, 외투 보관소에서 저를 기다리고 있었습니다. 제가 나오자 당신의 눈이 밝게 빛났습니다. 미소 지으며 서둘러 저를 맞아주셨지요. 그때 전 금방 알아차렸습니다. 당신이 저를 알아보지 못했다는 것을. 예전의 그 아이, 그 소녀를 알아보지 못했다는 것을 말이지요. 당신은 저를 낯모르는, 처음 보는 여인으로 다시금 붙잡은 셈이지요. "저에게 한 시간 정도 시간을 내줄 수 있으신지요?" 당신은 붙임성 있게 물으셨지요. 저는 당신의 자신만만한 태도에서 저를 그렇고 그런 여자 중의 하나, 하룻저녁 살 수 있는 여자로 생각한다는 것을 느꼈습니다. 전 "네"라고 대답했어요. 떨리면서도 당연히 승낙하는 듯한 대답, 어떤 소녀가 십 년도 훨씬 더 전에 어둑어둑한 거리에서 했던 그 대답을 했지요. "그럼 언제 만날 수 있을까요?" 당신이 물었지요. "당신이 원할 때 언제든지요." 제가 대답했습니다. 당신 앞에서 전 조금도 부끄럽지 않았습니다. 당신은 약간 놀란 듯 저를 쳐다보았습니다. 너무나 빨리 승낙하는 모습에 놀랐던 그때처럼 반신반의하며 호기심에 찬 놀라운 표정이었어요. "혹시 지금도 가능할까요?" 당신이 다소 주저하며 물었지요. 전 "네, 가시지요"라고 대답했어요.

저는 보관소에서 제 외투를 찾으려고 했습니다. 그때 함께 맡긴 외투의 번호표를 친구가 가지고 있다는 것이 생각났습니다. 그에게서 번호표를 찾아오려면 귀찮게 핑계를 대야 했지요. 당신과 함께하는 시간, 수년 전부터 학수고대해온 그 시간을 결코 포기할 수 없었습니다. 그래서 전 조금도 망설임 없이 이브닝드레스 위에 숄만 걸치고 안개 자욱한 축축한 밤거리로 나섰습니다. 외투는 신경 쓰지도 않았고, 선하고 부드러운 사람, 몇 년 전부터 기대어 살고, 친구들 앞에서 우스꽝스러운 광대로 만들어버린 그 사람, 몇 년을 함께 지낸 애인을 웬 낯선 남자의 첫 휘파람 소리에 빼앗겨버린 그 사람도 아랑곳하지 않았습니다. 아, 그렇지만 제가 성실한 친구에게 천박하고 배은망덕한 짓을 하고 있으며 그것이 수치스럽다는 것은 마음 깊은 곳에서 인식하고 있었습니다. 우스꽝스러운 저의 행동과 헛된 생각으로 인해 선량한 그 사람이 영원히 씻지 못할 상처를 받았고, 제 삶을 두 동강 내버렸다는 느낌이 들었습니다. 하지만 다시 한번 당신의 입술을 느끼고 부드럽게 다가오는 당신의 목소리를 듣고 싶은 조바심에 비한다면 제게 우정이 뭐고 실존이 무엇이겠습니까! 그만큼 전 당신을 사랑했습니다. 이제는 당신에게 이렇게 말할 수 있습니다. 모든 것이 끝났고 지나간 일이니까요. 생각해보면, 죽어가는 순간에도 당신이 저를 부르신다면, 벌떡 일어나서 당신과 함께 갈 수 있는 힘이 갑자기 생길 것만 같습니다.

자동차 한 대가 입구에 서 있었지요. 우리는 그 차를 타고 당신 집으로 갔습니다. 저는 다시 당신의 목소리를 들었고 당신의 부드러움을 가까이서 느꼈습니다. 예전과 마찬가지로 거의 넋을 잃을 지경이었고 어린아이처럼 행복에 젖어 어찌할 바를 몰랐습니다. 십 년도 더 지난 후 제가 그 계단을 다시 어떻게 올라갔는지! 아니, 아니오, 전 당신에게 묘사할 수 없습니다. 제가 그 모든 것을 매 순간 이중으로, 과거와 현재를 어떻게 동시에 느꼈는지, 그리고 그 모든 것 속에서 어떻게 항상 당신만을 느꼈는지 묘사할 수 없습니다. 당신의 방은 달라진 게 거의 없었습니다. 그림이 몇 점 더 있었고, 책이 더 늘었으며, 여기저기 낯선 가구가 보였지만, 모든 것이 저를 친숙하게 맞아주는 듯했습니다. 그리고 책상 위에는 장미가 꽂힌 꽃병이 있었습니다. 며칠 전 당신 생일날 제가 보낸 장미였습니다. 당신이 기억하지 못하고 알아보지도 못하는 한 여인, 당신 가까이에서 손을 맞잡고 입술을 맞대는 그 순간에도 알아보지 못하는 한 여인을 기억하라고 제가 보낸 장미가 꽂혀 있었습니다. 그래도 당신이 그 꽃들을 곁에 둔 것만으로도 기분이 좋았습니다. 그렇게 저의 본연에서 우러난 숨결, 당신을 그리는 제 사랑의 호흡이 있었던 겁니다.

당신은 저를 두 팔로 안아주셨지요. 저는 다시 당신 곁에서 아주 멋진 하룻밤을 보냈습니다. 당신은 벌거벗은 제 몸을 보고도 저를 알아보지 못하더군요. 전 당신의 능숙한 애무를 황홀하게 참아내며 보았습니다. 당신은 애인이든 매춘부든 상관없이 똑같이 열정적이라는 것을. 그리고 이것저것 따지며 생각하지 않고 풍부히 넘쳐나는 본성대로 열정에 완전히 몸을 맡기는 것을 보았습니다. 당신은 저를, 밤의 술집에서 데려온 여자를 그리도 사랑스럽고 부드럽게 대해주셨지요. 여자와의 만남을 즐길 때에는 그리도 품위 있고 정중하면서 동시에 정열적이셨어요. 과거의 행복감에 젖어 비틀거리면서 전 또다시 당신 특유의 양면성을 느꼈답니다. 감각적인 열정 속에 지적이고 정신적인 열정이 느껴졌지요. 바로 이런 식으로 어린 소녀가 당신에게 빠져든 거지요. 전 애무의 순간에 당신만큼 몰입하는 남자를 본 적이 없습니다. 내면 가장 깊은 본성의 발로이자 그 본성의 반짝이는 빛이었지요. 물론 그런 다음 끝없는 망각, 거의 비인간적인 망각 속으로 사그라져서 꺼져버리기는 하지만 말입니다. 그러나 저도 저 자신을 잊고 있었습니다. 어둠 속에서 당신 곁에 있던 저는 누구였을까요? 지난날 한때 사랑으로 불타오르던 소녀였나요? 당신 아이의 엄마였나요? 아니면 낯선 여인이었나요? 아, 예전에 경험했던 그대로 모든 것이 친숙했고, 정열적인 밤에 그 모든 것이 살랑거리는 물결처럼 밀려와 다시 새롭게 경험했지요. 그 밤이 절대 끝나지 않기를 빌었습니다.

그러나 아침은 오고야 말았습니다. 우리는 늦게 일어났지요. 당신은 아침식사를 함께 하자고 했습니다. 시중드는 하인이 눈에 띄지 않게 식당에 준비해준 차를 함께 마셨고 두런두런 이야기를 나누었지요. 당신은 이번에도 본성대로 활짝 열린 마음과 진심 어린 친밀감으로 제게 말을 건넸지요. 그러면서 역시 지나치게 사적인 질문은 던지지 않았고, 저라는 사람의 본질에 대한 호기심도 전혀 보이지 않으셨습니다. 당신은 제 이름이나 주소를 묻지도 않았습니다. 당신에게 전 다시 모험이었고, 이름 없는 존재로 망각의 연기 속에서 흔적 없이 사라질 뜨거운 시간이었을 뿐입니다. 당신은 또다시 멀리 북아메리카로 두세 달 동안 여행을 떠나고 싶다고 하셨지요. 전 행복한 순간의 한가운데에서 부들부들 떨었습니다. 끝났어, 끝이야, 잊히는 거야! 이 말이 벌써 제 귓전을 때리고 있었거든요. 당신의 무릎에 쓰러져 소리쳤어야 했어요. "저를 데려가주세요. 그래야 당신이 마침내, 마침내 여러 해가 지나서라도 저를 알아보실 수 있을 테니까요." 하지만 전 당신 앞에서 너무나 수줍어했고, 너무나 비겁했으며, 너무나 노예 같았고, 너무나 나약했습니다. 전 그저 "아, 유감이네요"라는 말밖에 할 수 없었지요. 그러자 당신은 미소 지으며 저를 바라보았습니다. "정말 유감으로 생각합니까?"

갑자기 거친 야성 같은 것이 저를 사로잡았습니다. 일어서서 당신을 바라보았지요. 오랫동안 뚫어져라 쳐다보았어요. 그러고 나서 말했지요. "제가 사랑했던 남자도 늘 떠났습니다." 전 당신을, 당신의 별빛 같은 눈동자를 깊이 들여다보았지요. 지금, 바로 지금 그가 나를 알아볼 거야! 그렇게 생각하며 떨고 있었어요. 제 안에서 모든 것이 한꺼번에 몰려드는 것만 같았습니다. 그러나 당신은 그저 미소 지으며 저를 바라보고 위로하듯 말했지요. "떠난 사람은 다시 돌아오기 마련입니다." 전 대답했지요. "그래요, 떠난 사람은 돌아오겠지요. 하지만 모든 것을 잊는답니다."

제가 말하는 태도에 뭔가 이상한 것, 뭔가 열정적인 것이 있었던 모양입니다. 당신도 일어서서 저를 바라보았거든요. 놀라워하면서도 아주 사랑스럽게요. 당신은 제 어깨를 잡고 말씀하셨지요. "좋은 것은 잊히지 않습니다. 당신을 잊지 않을 겁니다." 그러면서 당신의 눈빛은 마치 그 모습을 확실히 새겨놓으려는 듯 제 안으로 파고들어 깊이 가라앉았지요. 그 눈빛이 어떻게 제 안으로 파고드는지 느껴졌습니다. 찾듯이, 흔적을 추적하듯이, 저의 존재 그 자체를 빨아들이듯이 말입니다. 그때 전 생각했어요. 마침내, 마침내 당신을 눈멀게 한 마법이 풀린다고. 그래서 당신이 나를 알아볼 것이다, 나를 알아보게 될 것이다! 이런 생각으로 제 영혼이 온통 덜덜 떨렸지요.

그러나 당신은 저를 알아보지 못했습니다. 네, 저를 알아보지 못했어요. 그 순간만큼 당신이 낯설게 느껴진 적이 없습니다. 평상시라면, 평소의 당신이라면 몇 분 뒤에 한 것과 같은 행동을 결코 하지 않으셨을 테니까요. 당신은 제게 키스했고, 다시 한번 정열적으로 키스했습니다. 전 헝클어진 머리를 다시 매만져야 했습니다. 제가 거울 앞에 서 있는 동안, 거울을 통해서 당신이 눈에 띄지 않게 살짝 제 방한용 머프 속에 고액지폐를 밀어 넣는 모습을 보았습니다. 수치심과 분노로 쓰러질 것만 같았습니다. 제가 어떻게 그 순간 소리 지르며 당신의 뺨을 때리지 않을 수 있었을까요! 당신을 어린 시절부터 사랑해온 저에게, 당신 아이의 엄마인 저에게, 그 하룻밤의 대가로 돈을 지불하다니! 전 당신에게 타바린에서 데려온 창녀 그 이상은 아니었던 겁니다. 돈을, 당신이 저에게 돈을 지불하셨어요! 당신에게 잊힌 것만으로도 모자라 그런 굴욕까지 당해야 했습니다.

전 서둘러 제 소지품을 더듬어 챙겼습니다. 떠나고 싶었습니다. 어서 떠나버리고 싶었어요. 너무나 괴로웠습니다. 전 제 모자를 집어들었습니다. 모자는 책상 위 하얀 장미, 제가 보낸 그 하얀 장미가 꽂힌 꽃병 옆에 놓여 있었지요. 그 순간 전 거부할 수 없는 강한 힘에 사로잡혔습니다. 다시 한번 당신의 기억을 일깨워보고 싶었습니다. "제게 당신의 하얀 장미 한 송이를 주시겠어요?" "기꺼이 드리지요." 당신은 바로 한 송이를 뽑아들었습니다. "혹시 어떤 여인이, 당신을 사랑하는 어떤 여인이 당신에게 준 꽃은 아닌가요?" 제가 물었지요. "어쩌면 그럴 수도 있겠지요. 그런데 모르겠습니다. 누군가가 꽃을 보내긴 했는데 누가 보냈는지는 모르겠어요. 그래서 전 그 꽃을 무척 사랑한답니다." 전 당신을 바라보았습니다. "어쩌면 당신이 까마득히 잊어버린 어떤 여인이 보냈겠지요!"

당신은 놀란 듯이 바라보았지요. 전 당신에게서 눈을 떼지 않았습니다. 나를 알아봐, 제발 나를 알아보라고. 저의 눈빛은 절규했습니다. 그러나 당신은 아무것도 모르는 듯 친절하게 미소 지었습니다. 당신이 저에게 다시 한번 키스했습니다. 그러나 당신은 저를 알아보지 못했지요. 전 황급히 문 쪽으로 갔습니다. 제 두 눈에 눈물이 고이는 것을 느꼈거든요. 당신에게 그걸 보이고 싶지 않았습니다. 서둘러 나가다가 현관 앞에서 하마터면 당신의 하인 요한과 부딪칠 뻔했습니다. 그는 부끄러운 듯 황급히 옆으로 비켜서더니 제가 나갈 수 있도록 문을 열어주었어요. 그 일 초 동안의 짧은 순간에—당신 듣고 계신가요—제가 눈물이 글썽이는 눈으로 그를, 나이 드신 그분을 바라보았습니다. 그 순간 갑자기 그의 눈길에 움찔하는 광채가 비쳤습니다. 그 짧은 순간—당신 듣고 계신가요—그 일 초의 순간에 그가 저를 알아보았던 겁니다. 어린 시절 이후로 한 번도 저를 본 적이 없는 그분이 말입니다. 저는 하마터면 그에게 무릎을 굽혀 인사하고 그의 손에 입을 맞출 뻔했습니다. 전 당신이 저에게 채찍처럼 휘두른 그 지폐를 얼른 머프에서 빼내어 그분께 슬쩍 쥐어주었습니다. 그는 놀라 떨면서 저를 쳐다보았습니다. 그 순간 그는 저에 대해, 어쩌면 당신이 평생 해온 것보다 훨씬 더 많은 것을 감지했을 것입니다. 모두가 저를 떠받들고, 모두가 저에게 잘해주었는데…… 오로지 당신, 오직 당신만이 저를 잊어버렸습니다. 오직 당신만이, 당신만이 저를 알아보지 못했습니다!

제 아이가 죽었습니다. 우리 아이가 죽었어요. 지금 전 이 세상에 당신 말고는 사랑하는 사람이 없습니다. 하지만 당신은 제게 어떤 분이신가요? 저를 결코, 결코 알아보지 못한 당신, 물처럼 제 곁을 그냥 스쳐 지나가는 당신, 거리의 돌을 밟고 지나가듯 저를 밟고 지나가는 당신, 늘 멀리 떠나서 저를 영원히 기다리게 하는 당신은 제게 어떤 존재인가요? 한때는 당신을 붙잡을 수 있다고 생각했지요. 떠다니는 공기처럼 덧없는 당신을 아이의 모습에서 붙잡을 수 있다고 생각했지만 그건 오산이었습니다. 하지만 그 아이는 당신의 아이였어요. 매정하게도 그 아이는 저를 떠나버렸습니다. 여행을 떠났습니다. 그 아이는 저를 잊고 다시는 돌아오지 않을 것입니다. 전 다시 혼자입니다. 그 어느 때보다 더 외롭습니다. 전 아무것도, 당신의 어떤 것도 가지고 있지 않습니다. 더이상 아이도 이 세상에 없고, 당신은 말 한마디, 편지 한 줄 없으며, 저를 기억하지도 못합니다. 누군가가 당신 앞에서 제 이름을 부른다 해도 당신은 그 이름을 낯설다고 생각하며 그냥 스쳐 지나갈 것입니다. 전 이미 당신에게 죽은 존재인데, 기꺼이 죽지 않을 이유가 무엇이겠습니까? 당신이 제게서 떠나버리셨는데, 제가 떠나지 않을 이유가 무엇이겠습니까? 아닙니다. 사랑하는 그대여, 전 당신을 원망하지 않습니다. 유쾌한 당신의 집에 제 비탄의 소리를 보내고 싶지도 않습니다. 제가 당신을 계속 괴롭힐까봐 두려워하지 마십시오. 용서하세요. 한번쯤 이 순간에, 아이가 죽어서 저기 누워 있는 이 순간에 제 영혼을 토로하지 않을 수 없었습니다. 이번만큼은 당신에게 말하지 않을 수 없었습니다. 전 다시 저의 어둠 속으로 돌아가 침묵할 것입니다. 제가 항상 당신 곁에서 침묵해왔듯 말입니다. 제가 살아 있는 한, 당신은 이 절규의 소리를 듣지 못할 것입니다. 제가 죽었을 때에만 당신은 이 유언장을 받으실 수 있습니다. 당신을 그 누구보다 사랑했지만 당신이 결코 알아보지 못했던 한 여인, 항상 당신을 기다렸지만 당신이 한 번도 불러주지 않았던 한 여인의 유언장을 말입니다. 어쩌면, 어쩌면 이 유언장을 받고 당신이 저를 부를지도 모르겠습니다. 하지만 전 처음으로 당신의 뜻을 따르지 못하겠지요. 어둠 속에서 당신이 부르는 소리를 듣지 못할 테니까요. 전 당신에게 사진 한 장, 어떤 징표 하나 남기지 않을 겁니다. 당신이 저에게 아무것도 남겨놓지 않았듯 말입니다. 당신은 결코 저를 알아보지 못할 것입니다. 결단코 그럴 겁니다. 그것이 제 운명입니다. 그것이 제가 죽어서도 껴안아야 할 운명이겠지요. 전 당신을 마지막 임종의 순간에도 부르지 않을 것입니다. 당신이 제 이름과 저의 모습을 모르는 그대로 그냥 떠나겠습니다…… 전 쉽게 죽을 겁니다. 당신은 저 멀리서 느끼지 못하실 테니까요. 제가 죽는 것이 당신을 괴롭히는 일이라면 전 죽을

146

수도 없을 겁니다.

더이상 써 내려갈 수가 없군요…… 머릿속이 너무나 흐릿하고…… 온몸이 아픕니다. 열도 있네요…… 제 생각에, 저도 곧 누워야 할 것 같아요. 어쩌면 곧 끝날지도 모릅니다. 혹시 한번쯤 운명이 제게 호의적이라면, 그들이 아이를 실어나가는 것을 보지 않을 수도 있을 겁니다. 더이상 써 내려갈 수가 없습니다. 사랑하는 그대, 잘 사십시오. 사랑하는 그대여, 행복하세요. 당신에게 감사드립니다…… 이 모든 것에도 불구하고 있는 그대로 다 좋았습니다. ……마지막 숨을 내쉬는 순간까지 당신에게 감사할 겁니다. 전 지금 편안합니다. 당신에게 모든 것을 다 말했으니 이제는 아시겠지요. 아니, 제가 당신을 얼마나 사랑했는지 짐작은 하시겠지요. 하지만 이런 사랑에 대해 전혀 부담을 가지실 필요는 없습니다. 제가 없다고 해서 당신은 쓸쓸해하지도 않으실 겁니다. 그것이 제겐 위안이 됩니다. 아름답고 경쾌한 당신의 삶은 아무것도 달라지지 않을 것입니다. 죽음으로도 당신께 부담을 주고 싶지 않습니다…… 그것이 저에게 위안이 됩니다. 사랑하는 그대여.

하지만 누가…… 누가 당신 생일에 지금처럼 그렇게 흰 장미를 보낼까요? 아, 꽃병이 비겠네요. 일 년에 한 번, 당신 주위에 번지는 제 삶의 짧은 숨결이자 작은 호흡이었는데 그것도 사라지겠군요! 사랑하는 그대여, 들어보세요. 당신에게 처음이자 마지막으로 부탁을 드리려고 합니다. 저를 위해서 해마다 당신 생일에—그래요, 자기 자신을 돌아보는 날이지요—장미를 사서 꽃병에 꽂아주세요. 사랑하는 그대여, 그렇게 해주세요. 사람들이 일 년에 한 번 세상을 떠난 사랑하는 여인을 위해 미사를 올리듯 말입니다. 그러나 저는 더이상 신을 믿지 않습니다. 그러니 미사에는 가지 않을 겁니다. 전 오직 당신만을 믿고 당신만을 사랑하며 당신 안에서만 계속 살아가려 합니다…… 아, 일 년에 하루만, 아주, 아주 조용히 살아가렵니다. 제가 지금까지 당신 곁에서 살아왔듯 말입니다…… 당신에게 부탁합니다. 그렇게 해주세요. 사랑하는 그대여…… 이것이 당신에게 청하는 처음이자 마지막 부탁입니다. 감사합니다…… 당신을 사랑합니다. 당신을 사랑해요…… 행복하세요.

그는 떨리는 손에서 편지를 내려놓았다. 그리고 오랫동안 곰곰이 생각에 잠겼다. 혼란스러운 가운데 어렴풋한 기억이 떠올랐다. 이웃의 한 소녀, 한 아가씨, 클럽에서 만난 한 여인에 대한 기억. 그러나 그 기억은 너무나 흐릿하고 혼란스러웠다. 마치 돌 하나가 흐르는 물밑에서 어른거리다가 이리저리 흔들리는 듯했다. 그림자들이 밀려왔다 다시 사라지는 듯했지만 어떠한 이미지도 만들어내지 못했다. 그는 감정에 스치는 기억을 느끼긴 했지만 기억하진 못했다. 마치 그가 이 모든 형태에 대해 꿈을 꾸고 있는 것처럼 종종 깊은 꿈을 꾸었지만, 그것은 그저 꿈에 지나지 않았다.

그때 그의 시선이 책상 위 파란 꽃병에 머물렀다. 꽃병은 비어 있었다. 지난 몇 년 이래 처음으로 그의 생일에 비어 있었던 것이다. 그는 깜짝 놀랐다. 갑자기 보이지 않는 문 하나가 활짝 열리면서 다른 세계로부터 차가운 기류가 자신의 평온한 공간으로 밀려오는 듯했다. 그는 어떤 죽음을 느꼈고 불멸의 사랑을 느꼈다. 그의 영혼 속에서 무엇인가가 터져나오는 듯했다. 그는 눈으로 볼 수 없는 그 여인을 멀리서 들려오는 음악을 생각하듯 육체 없이도 정열적으로 생각했다.

역사와 인간 심리에 대한 통찰력과 상상력

1942년 2월 22일, "길고 어두운 밤 위에 아침노을이 떠오르는 것을 보기" 전에 타향에서 '성급'하게 스스로 생을 마감한 디아스포라 유대인 슈테판 츠바이크. 그는 끝내 제2차세계대전의 암울함을 견뎌내지 못했다. 히틀러가 집권하자 유대인이라는 이유로 유럽을 떠날 수밖에 없었지만, 사실 그 이전에는 부모님이 유대인이라는 것 이외에 그의 교육이나 성장 과정에서 유대교가 어떠한 역할도 하지 않았다. 섬유업체를 운영하던 아버지와 은행가 집안 출신 어머니 사이에서 태어난 츠바이크는 유복하고 부유한 환경에서 자신의 문학적 소질을 발전시키며 성장했다. 그의 집안 분위기는 유대교와는 전혀 무관했다. 훗날 그는 자신을 '우연의 유대인'이라고 칭했을 정도였다. 하지만 제1, 2차세계대전을 거치며 자유인으로서, 평화주의자로서, 휴머니스트로서 정신의 근원이었던 유럽을 상실하자 영국과 미국을 거쳐 브라질로 망명했고, 결국 유대인으로서 스스로 자신의 육체를 포기했다.

일찍이 남다른 시적 감수성을 보였던 츠바이크는 호프만슈탈, 릴케, 보들레르, 베를렌, 로맹 롤랑 등 프랑스 작가의 작품들을 비롯하여 다양한 문학작품을 탐독하고 독일어로 번역했다. 김나지움 시절부터 시를 쓰기 시작했고 잡지에 글을 투고하기도 했다. 스무 살 되던 해에 첫 시집 『은빛 현』으로 등단한 뒤 시, 희곡, 소설, 전기, 번역, 평론 등 다양한 장르에 걸쳐 열정적으로 글을 발표했다. 그뿐 아니라 그는 여행을 많이 하면서 작가들과의 직접적인 교류에도 적극적이었다. 그가 다른 문화권의 작가들과 활발히 교류했던 것처럼, 그의 작품들 역시 다른 문화권의 독자들과 만나는 경우가 많았다. 독특하고 수려한 문체로 문학성과 대중성을 동시에 확보한 그의 작품들은 세계 여러 나라의 언어로 번역되어 널리 읽히고 있으며, 영화화되기도 했다.

그의 문학세계에서 두드러지는 현상은 무엇보다도 인간 내면의 감정과 심리, 사람과 사람 사이의 관계에서 포착되는 섬세한 심리작용들을 예리하게 관찰하고 묘사한 것이다. 이러한 인간 내면의 탐구는 동향인이자 동시대 지인이었던 프로이트의 영향을 받은 것임을 간과할 수 없다. 그는 자전적 회고록이자 그 시대를 기억하는 유럽 문화사이기도 한 저작 『어제의 세계』에서 프로이트를 "인간 영혼에 관한 지식을 우리 시대의 누구보다도 뛰어나게 심화, 확대시킨" 사람으로 회고했다. "문화와 문명이라는 것은 다만 표면의 엷은 층에 지나지 않으며, 이것은 어느 때고 심층세계의 파괴적인 힘에 의해 와해될 수 있는 것이라고 갈파한 프로이트의 학설에 동의하지 않을 수 없노라"고 말한다. 정신분석을 통해 인간의 질병을 치유하고자 했던 프란츠 안톤 메스머, 메리 베이커 에디 그리고 프로이트에 관한 평전『정신의 탐험가들』을 쓰면서 프로이트에 관하여 성실하게 연구했다. 그의 작품에서 읽을 수 있는 인간 심리에 대한 상상과 묘사는 프로이트적이라 해도 과언이 아니다.

그러나 그의 문학세계가 인간의 내면으로만 파고든 것은 아니다. 그는 늘 역사에 대한 심도 깊은 탐구를 게을리하지 않았다.『조제프 푸셰』『마리 앙투아네트』『메리 스튜어트』등 역사 인물들에 대한 전기의 경우가 그렇다. 영어, 프랑스어, 스페인어, 라틴어에 능통했던 츠바이크는 풍부한 역사 기록물과 편지 등을 광범위하게 조사하고 탐구해서 그 시대와 인물에 다각도로 접근, 재구성하고자 했다. 그 과정에서 역사적으로 밝혀지지 않은 부분에 대해서는 주변 자료를 충분히 검토하고 풍부한 심리학적 이해를 바탕으로 상상력을 발휘하여 설득력 있게 추론하는 방식을 취하고 있다. 이야기되는 시간과 공간, 그것을 재구성하며 개입하는 서술자의 시간과 공간, 그리고 그것을 읽는 사람이 서 있는 시간과 공간의 상호작용 가능성이 츠바이크의 작품을 더욱 흥미로운 경험의 공간으로 만들고 있는 듯하다. 이러한 독서경험을 가능하게 한 구체적 사례가 바로『어제의 세계』일 것이다. 이 작품은 1941년, 그러니까 자살하기 한 해 전이자 마지막 작품「체스 이야기」를 집필하기 전에 완성한 자전적 회고록이다. 그러나 단순히 자신의 삶을 주관적으로 회고하는 것이 아니라, 자신의 삶을 축으로 하여 당대의 유럽과 그 문화를 기록하고 있다. 이 책은 오늘날 스티븐 컨의 『시간과 공간의 문화사』를 비롯한 수많은 역사책에서 그 시대 문화경험의 사례로 인용되고 있을 뿐만 아니라, 독일의 재통일 이후 또다시 베스트셀러가 되어 화제를 모으기도 했다. 이는 '어제의 세계'에 대한 츠바이크의 증언이 단순히 '유럽의 잃어버린 어제의 세계'에 대한 향수를 불러일으켜서라기보다는 오늘날 삶의 맥락에서 새로운 방향 설정을 위해 다시금 어제를 되돌아볼 필요성을 그의 증언에서 찾을 수 있기 때문일 것이다.

여기서 소개하는 츠바이크의 두 작품 「체스 이야기」와 「낯선 여인의 편지」에서도 그의 문학적 특성을 경험할 수 있다. 첫번째 작품은 그가 자살하기 직전 완성한 것으로, '노벨레'의 형식에서 종종 볼 수 있는 액자소설의 형식을 취하고 있다. 틀이야기Rahmenerzählung의 차원에서는 구체적인 시간을 알 수 없으나 뉴욕에서 부에노스아이레스로 가는 배 위에서 닷새간 벌어지는 사건, 즉 한창 주가를 올리고 있는 체스 챔피언 첸토비치와 B박사의 체스 대결을 이야기한다. '체스'라는 상징으로 틀이야기와 연결되는 내부이야기Binnenerzählung의 차원에서는 B박사가 자신의 과거를 이야기하는데, B박사의 삶을 구체적이고 역사적인 상황으로, 즉 히틀러가 1938년 오스트리아를 합병한 시기에 빈에서 벌어지는 이야기로 설정하고 있다. 이로써 틀이야기의 심리전이 단순히 체스 대결자들 사이의 심리전으로만 읽히지 않고 시대적, 역사적 심리전의 의미를 내포하게 된다. 특히 첸토비치의 심리적 전략, 즉 자신을 최대한 드러내지 않고 가능한 한 천천히 대응함으로써 상대를 심리적으로 불안정하게 몰아대는 방식과 B박사가 호텔 감방에서 경험한 '절대고립'이라는 게슈타포의 고문방식사이의 본질적인 유사성이 오버랩되면서 전체 이야기는 더욱 흥미로 워진다. 첸토비치의 이런 심리적 전략으로 인해 결국 B박사는 다시금 과거의 악몽에 빠지게 되고, 위기의 순간 화자인 '나'에 의해 간신히 위기를 모면한다.

첸토비치라는 인물에 대한 묘사와 『어제의 세계』에서 히틀러를 묘 사한 대목을 비교해보면, 첸토비치의 심리적 전략과 B박사가 호텔 감 방에서 당한 고문방식이 유사하다는 해석은 더더욱 타당성을 지니게 된다. 첸토비치라는 인물을 간략하게 묘사하자면, 남슬라브 소도시의 가난한 집안 출신으로 사고로 아버지를 일찍 여읜 뒤, 목사의 집에서 양자로 자라나 정신적으로 박약하여 학교공부나 교양과는 무관한 인 물이 우연히 특정 영역, 즉 체스에서 천재성을 보여 체스계를 제패한 인물이다. "비인간적인 체스기계" "정신세계와는 완전히 무관한 아웃 사이더" "무지의 깊이를 헤아리기 어려울 정도"라고 묘사되듯, 첸토비 치는 체스를 통해 명성을 얻고 돈을 버는 것 이외에 다른 가치에 대 해서는 무지하다. 다른 챔피언들을 굴복하게 만드는 그의 전략은 "끈 질기고 차가운" 비인간적 논리로 자신의 의도를 전혀 드러내지 않으 면서 일부러 천천히 대전을 하는 것이다. 화자는 첸토비치를 역사상 전前파시스트적präfaschistisch 인물들, 예컨대 쿠투조프나 쿤크타토르 와 같이 어렸을 때 정신지체 현상을 보이다가 나중에 독재자가 된 인 물들에 비유한다. 교양시민 계층에 속하는 B박사와는 전혀 다른 유형 이다.

첸토비치에 대한 화자의 묘사는 츠바이크의 히틀러 묘사를 연상시 킨다. 츠바이크는 『어제의 세계』에서 히틀러를 "대학은 고사하고 초등학교도 끝까지 다닌 일이 없는"'"무명의 병사"가 권력을 장악한 경우로 보고 있다. 또한 츠바이크는 제2차세계대전 발발 전까지 히틀러로 하여금 국내외적으로 그럭저럭 승승장구하게 했던 그의 "천재적인" 전략으로 "비양심적인 기만 수법", 즉 일종의 심리전략을 꼽는다. 히틀러 혹은 나치는 세계를 무력화하고 마비시킬 때까지는 과격성을 보이지 않고, "천천히 신중하게 행동하면서 점점 강해져가는 힘으로 압력을 높여가는 전술"로 폭력성을 점점 더 높여가면서 유럽의 양심을 마비시키고 파멸로 이끌었다고 본다. 이런 연상작용으로 독자는 B박사가 경험한 게슈타포들의 고문방식과 첸토비치의 심리전술을 연결시키면서 이 작품을 시대사적 맥락에서 해석할 수 있는 가능성을 읽게 된다. 물론 츠바이크의 '교양bildung' 중심의 세계관에 대해서는 비판적인 질문을 던질 수도 있겠으나, 그것은 또 다른 맥락에서 성찰해보아야 할 문제일 것이다.

두번째 작품 「낯선 여인의 편지」에서도 섬세한 심리묘사가 탁월하다. 이 소설은 열세 살 때부터 평생 한 남자만을 사랑해온 여자의 고백이다. 끝까지 그녀를 알아보지 못하고 기껏해야 수많은 거리의 여자들 중 하나로만 상대하는 남자에게 고집스럽게 자신의 정체를 밝히지 않고 일편단심 순정을 지키며 살다가 아들의 죽음과 더불어 자신도 죽음을 맞이하게 되는 순간에서야 밝히는 그녀의 사랑. 이 여인과 바람둥이 같은 그 남자의 사랑방식에 대해 오늘날 이십대 여성 독자들은 작가의 보수적 여성관을 비판적으로 보거나, 이 여인의 사랑방식을 놓고 주체적이다 아니다 갑론을박하기도 한다. 그렇다, 오늘날 우리 시대의 콘텍스트에서 보면 논란의 여지가 많을 수도 있다. 물론 오늘날에도 공감할 수 있는 사랑하는 사람의 탁월한 심리묘사와 흥미진진한 스토리 전개는 차치하고 말이다.

그러나 『어제의 세계』에서 츠바이크가 회고하는 당대의 이중적인 성도덕의 문제점을 이 이야기와 함께 생각해본다면 다소 다른 의미의 맥락이 잡힌다. 츠바이크에 따르면, 그의 사춘기 시절엔 매춘과 성병이 난무했고, "그 세대의 누군가가 정직하게 여성과의 첫 만남을 회상하려고 하면 정말이지 구름이 끼지 않는 순수한 기쁨으로 기억할 수 있는 에피소드는 극히 적을 것"이라고 한다. 가장 행복한 순간까지도 영혼에 어두운 그림자를 던지는 것은 성병의 전염에 대한 불안이었고, 그처럼 열렬히 여자의 순결을 옹호했던 도시가 매춘을 태연하게 못 본 체했고, 그것을 조직화해서 돈을 벌어들인 시대였다고 한다. 또한 소위 공창이라는 합법적인 매춘부들은 국가가 허락한 영업을 하면서도 인격적으로는 일반의 권리 밖에 있는 국외자 취급을 받는 이중성을 느끼지 않을 수 없었고, "그들의 몸과 모욕당한 영혼으로, 자유롭고 자연스러운 사랑에 거역하면서까지 낡고 벌써 예전에 구멍이 뚫린 도덕적 편견을 지켜야" 했던 시절이었다고 한다.

이러한 당시 분위기 속에 이 이야기의 여주인공을 세워놓고 상상해본다면, 좋아하는 남자 앞에서 자신이 누구인지 고집스러울 정도로 밝히지 않고 그가 스스로 알아보기를 바랐던 그녀의 순정은 사실 당시 남자들의 사랑의 순도를 시험하기 위해 던진 질문인 동시에 이중적인 성도덕에 대한 비판으로 볼 수도 있을 것이다. 그래서 그녀의 편지를 읽고 난 뒤에야 비로소 그 남자는 "눈으로 볼 수 없는 그 여인을 멀리서 들려오는 음악을 생각하듯 육체 없이도 정열적으로 생각"할 수 있게 된 것이 아닐까.

  마지막으로 슈테판 츠바이크의 작품을 세계문학전집으로 기획한 문학동네와 2009년도 1학기 '독일소설연구' 세미나에서 츠바이크의 작품을 함께 꼼꼼히 읽고 토론한 이화여자대학교 독어독문학과 학생들에게 감사의 마음을 전한다.

김연수

1881년	11월 28일 오스트리아 빈에서 섬유공장 사장인 아버지 모리츠 츠바이크와 어머니 이다 브레타워의 둘째 아들로 태어남.
1887년	빈에 있는 초등학교에 입학.
1891~1900년	막시밀리안 김나지움(오늘날 바자 김나지움)에 입학하여 고등학교 과정을 마침. 후고 폰 호프만슈탈과 라이너 마리아 릴케의 영향으로 시를 쓰기 시작. 1897년부터 잡지『독일시』와 『사회』 등에 시를 발표하기 시작. 1900년 고교 졸업시험이자 대학 입학시험인 마투라를 보고 난 뒤 처음으로 프랑스를 여행.
1900~1904년	빈과 베를린 대학에서 독일 문학과 프랑스 문학을 전공.
1901년	첫 시집『은빛 현 *Silberne Saiten*』을 베를린에서 출간.
1902년	베를린 대학에서 한 학기 수학. 빈의 〈신자유신문〉 문예란에 첫 기고. 베를렌과 보들레르의 시를 번역.
1904년	프랑스 문학사가인 이폴리트 텐 연구로 박사학위 취득. 노벨레 모음집『에리카 에발트의 사랑 *Die Liebe der Erika Ewald*』을 베를린에서 출간. 파리와 런던에서 장기간 체류.
1906년	두번째 시집『어린 화관들 *Die frühe Kränze*』을 라이프치히에서 출간. 이탈리아, 스페인, 런던 여행.
1907년	첫번째 희곡『테르시테스 *Tersites*』 출간. 1908년 11월 드레스덴과 카셀에서 초연됨.
1908년	5개월 동안 인도, 실론, 미얀마, 인도차이나 여행.

1910년	프랑스어로 시를 쓴 벨기에 시인 에밀 베르하렌의 시선집을 번역하여 라이프치히에서 출간.
1911년	미국, 캐나다, 쿠바, 푸에르토리코 여행. 『첫 경험, 네 편의 어린 시절 이야기 *Erstes Erlebnis. Vier Geschichten aus Kinderland*』를 라이프치히에서 출간.
1912년	희곡 『바닷가의 집 *Das Haus am Meer*』 출간. 빈의 호프부르크 극장에서 초연. 훗날 첫번째 부인이 된 프리데리케 마리아 폰 빈터니츠를 만남.
1913년	『첫 경험, 네 편의 어린 시절 이야기』에 실렸던 노벨레 『불타는 비밀 *Brennendes Geheimnis*』을 별도로 출간. 프랑스 작가 로맹 롤랑을 만남.
1914년	제1차세계대전이 발발하자 자원입대. 2주 후 빈의 국방부 아카이브에 배치되어 릴케와 함께 근무. 군 신문 〈도나우란트〉의 기자로 활동. 참전 시기 점점 더 전쟁반대자가 되었는데 여기에는 평화주의자 로맹 롤랑의 영향이 컸음.
1917년	군에서 제대한 후 프리데리케와 함께 빈 근처의 칼크스부르크로 이주. 희곡 『예레미야 *Jeremias*』를 라이프치히에서 출간. 중립국인 스위스의 취리히로 가서 빈의 〈신자유신문〉 특파원으로 활동하며 헝가리의 독일어 신문 〈페스터 로이트〉에도 기고. 정당이나 힘의 정치적 이해관계와는 무관한 자신의 휴머니즘 사상을 표현함. 『에밀 베르하렌에 대한 회상 *Erinnerungen an Emile Verhaeren*』을 빈에서 출간.
1918년	취리히에서 〈예레미야〉 초연. 3막으로 구성된 소극장용 실내극 〈어떤 인생의 전설 Legende eines Lebens〉을 함부르크에서 초연.
1919년	오스트리아로 돌아와 잘츠부르크에 거주. 『어떤 인생의 전

설」을 라이프치히에서 출간.

1920년   프리데리케와 결혼. 노벨레『강요*Der Zwang*』와 발자크, 디킨스, 도스토옙스키에 대한 에세이『세 거장*Drei Meister*』을 라이프치히에서 출간. 노벨레『두려움*Angst*』을 베를린에서 출간.

1921년   『로맹 롤랑, 인간과 작품*Romain Rolland. Der Mann und das Werk*』을 프랑크푸르트암마인에서 출간.

1922년   빈의 〈신자유신문〉에 단편「낯선 여인의 편지Brief einer Unbekannten」 발표. 소설집『아모크, 열정의 노벨레들*Amok. Novelle einer Leidenschaft*』과『영원한 형제의 눈*Die Augen des ewigen Bruders*』출간. 폴 베를렌의 작품들을 선별하여 번역 출간.

1924년   스페인의 초현실주의 화가 살바도르 달리를 파리에서 처음 만남.

1925년   클라이스트, 횔덜린, 니체에 대한 에세이『악마와의 투쟁 *Der Kampf mit dem Dämon*』출간.

1926년   아버지 모리츠 츠바이크 사망. 영국의 극작가 벤 존슨의 3막 희곡『볼포네*Volpone*』를 자유로이 각색, 번안하여 빈의 부르크 극장에서 초연.

1927년   산문집『감정의 혼란*Verwirrung der Gefühle*』과『어느 마음의 몰락*Untergang eines Herzens*』을 라이프치히에서 출간하고, 희곡『신으로의 도피*Die Flucht zu Gott*』를 베를린에서 출간. 소련에서 막심 고리키가 서문을 쓴 츠바이크 전집(10권)이 출간됨.

1928년   톨스토이 탄생 100주년을 맞아 소련 여행. 카사노바, 스탕달, 톨스토이에 대한 에세이『세 작가의 인생*Drei Dichter ihres Lebens*』출간. 〈신으로의 도피〉를 킬에서 초연. 3막의

	희비극 〈가난한 자의 양Das Lamm des Armen〉이 브레슬
	라우, 하노버, 뤼벡, 프라하에서 공연됨.
1929년	『가난한 자의 양』 출간. 전기소설『조제프 푸셰: 어느 정치
	적 인간의 초상Joseph Fouché: Bildnis eines politischen
	Menschen』 출간.
1930년	이탈리아 여행. 소렌토에 머물고 있던 막심 고리키를 방문.
1931년	프랑스 여행. 오스트리아의 작가 요제프 로트를 만남.『정
	신을 통한 치유Die Heilung durch den Geist』를 출간하고
	이 책을 미국에 망명 중인 알베르트 아인슈타인에게 헌정.
1932년	역사 전기소설『마리 앙투아네트Marie Antoinette』 출간.
1933년	벤 존슨의 희곡을 바탕으로 리하르트 슈트라우스의 오페
	라 〈과묵한 여인Die Schweigsame Frau〉 대본 작성. 나치
	의 분서갱유 당시 츠바이크의 작품들도 포함됨. 독일에서
	는 출판이 금지되고 빈에서만 1938년까지 출판 가능.
1934년	나치 집권 후 오스트리아에서도 가택수색 등 그 영향이 감
	지되자 아내 프리데리케는 동반하지 않고 런던으로 피신.
	남아메리카로 여행.
1935년	프랑스, 스위스, 미국 여행. 〈과묵한 여인〉이 드레스덴 오페
	라극장에서 초연. 전기『메리 스튜어트Maria Stuart』를 빈
	에서 출간.
1936년	브라질 여행.『카스텔리오 대 칼뱅 혹은 폭력에 대항하는
	양심Castellio gegen Calvin oder Ein Gewissen gegen die
	Gewalt』을 빈에서 출간.
1937년	에세이집『사람, 책, 도시와의 만남Begegnungen mit Men-
	schen, Büchern, Städten』을 빈에서 출간.
1938년	영국 시민권 신청. 프리데리케와 이혼. 반 다이케 감독이
	『마리 앙투아네트』를 영화화.『마젤란, 인간과 업적Magel-

lan. Der Mann und seine Tat』을 빈에서 출간.

1939년   비서 샤를로테 알트만과 재혼. 소설『초조한 마음*Ungeduld des Herzens*』을 스톡홀름과 암스테르담에서 출간.

1940년   영국 시민권 획득. 뉴욕, 아르헨티나, 파라과이를 거쳐 브라질로 여행.

1941년   브라질의 리우데자네이루 근교 페트로폴리스에 정착. 자전적 회고록『어제의 세계*Die Welt von Gestern*』완성.『브라질, 미래의 나라*Brazilien. Ein Land der Zukunft*』를 스톡홀름에서 출간. 소설「체스 이야기Schachnovelle」완성.

1942년   고향 상실과 정신적 고향인 유럽의 자멸로 우울해함. 히틀러 정부에 대해 절망하다가 2월 22일 "자유의지와 맑은 정신으로" 먼저 세상을 떠난다는 유서를 남기고 부인 샤를로테와 함께 페트로폴리스의 집에서 약물 과다복용으로 자살.

문학동네 세계문학전집 발간에 부쳐

세계문학은 국민문학 혹은 지역문학을 떠나 존재하는 문학이 아니지만 그것들의 총합도 아니다. 세계문학이라는 용어에는 그 나름의 언어와 전통을 갖고 있는 국민문학이나 지역문학의 존재를 인정하면서 그것을 넘어서는 문학의 보편적 질서에 대한 관념이 새겨져 있다. 그 용어를 처음 고안한 19세기 유럽인들은 유럽문학을 중심으로 그 질서를 구축했지만 풍부한 국민문학의 전통을 가지고 있는 현대의 문학 강국들은 나름의 방식으로 세계문학을 이해하면서 정전(正典)의 목록을 작성하고 또 수정한다.

한국에서도 세계문학 관념은 우리 사회와 문화의 변화 속에서 거듭 수정돼왔다. 어느 시기에는 제국 일본의 교양주의를 반영한 세계문학 관념이, 어느 시기에는 제3세계 민족주의에 동조한 세계문학 관념이 출현했고, 그러한 관념을 실천한 전집물이 출판됐다. 21세기 한국에 새로운 세계문학전집이 필요하다는 것은 명백하다. 우리의 지성과 감성의 기준에 부합하는 세계문학을 다시 구상할 때가 되었다.

문학동네 세계문학전집은 범세계적으로 통용되는 고전에 대한 상식을 존중하면서도 지난 반세기 동안 해외 주요 언어권에서 창작과 연구의 진전에 따라 일어난 정전의 변동을 고려하여 편성되었다. 그래서 불멸의 명작은 물론 동시대 세계의 중요한 정치·문화적 실천에 영감을 준 새로운 작품들을 두루 포함시켰다.

창립 이후 지금까지 한국문학 및 번역문학 출판에서 가장 전문적이고 생산적인 그룹을 대표해온 문학동네가 그간 축적한 문학 출판 경험을 바탕으로 새로운 세계문학전집을 펴낸다. 인류가 무지와 몽매의 어둠 속을 방황하면서도 끝내 길을 잃지 않은 것은 세계문학사의 하늘에 떠 있는 빛나는 별들이 길잡이가 되어주었기 때문이다. 우리가 자부심과 사명감 속에서 그리게 될 이 새로운 별자리가 독자들의 관심과 애정에 힘입어 우리 모두의 뿌듯한 자산이 되기를 소망한다.

문학동네 세계문학전집 편집위원
민은경, 박유하, 변현태, 송병선, 이재룡, 홍길표, 남진우, 황종연

세계문학전집 021
체스 이야기·낯선 여인의 편지

1판 1쇄 2010년 3월 15일
1판 18쇄 2026년 3월 5일

지은이 슈테판 츠바이크 | 옮긴이 김연수

책임편집 이은현 | 편집 이승희 손현미 | 독자모니터 신경국
디자인 송윤형 한충현 김민하 | 저작권 박지영 형소진 주은수 오서영 조경은
마케팅 정민호 서지화 한민아 이민경 왕지경 정유진 한경화 정경주 김혜원 김예진 이서진
브랜딩 함유지 박민재 이송이 박다솔 조다현 김하연 이준희
제작 강신은 김동욱 이순호 | 제작처 영신사

펴낸곳 (주)문학동네 | 펴낸이 김소영
출판등록 1993년 10월 22일 제2003-000045호
주소 10881 경기도 파주시 회동길 210
전자우편 editor@munhak.com
대표전화 031) 955-8888 | 팩스 031) 955-8855
문학동네카페 http://cafe.naver.com/mhdn
인스타그램 @munhakdongne | 트위터 @munhakdongne
북클럽문학동네 http://bookclubmunhak.com

ISBN 978-89-546-0946-3 04850
       978-89-546-0901-2 (세트)

www.munhak.com

● 문학동네 세계문학전집은 계속 출간됩니다